LE POISON

J. RAINERI

LE POISON

© 2020, J. Raineri

Édition : BoD -Books on Demand,
12/14 rond-point des Champs-Élysées, 75008 Paris
Impression : BoD - Books on Demand, Norderstedt, Allemagne

ISBN : 9782322224043

Dépôt légal : juin 2020

I

Jeudi 15 mai 2014

    Alors que les trois musiciens finissent tout juste de s'installer, les premières notes commencent délicatement à s'échapper. Il est encore tôt et il n'y a que très peu de spectateurs dans la cave. En guise d'introduction, l'ensorceleuse *Moonlight Serenade* émane des instruments pour résonner sous la voûte. Ce sera soft ce soir, tout en émotion, dans la nuance parfaitement maîtrisée de ces jazzmen new-yorkais. Du bout des doigts le pianiste effleure les touches et invite subtilement la contre-basse à emplir l'espace de toute la rondeur de ses notes. Caressées par les balais, les cymbales entrent en jeu. Diffusant leurs harmoniques, elles amplifient cette pure sensation de volupté auditive. Deux hommes, assis côte à côte dans la semi-pénombre, apprécient la prestation en souriant. Lorsque que l'on avance dans l'âge, comme ces mélomanes, quelques notes d'une mélodie passée peuvent avoir l'effet d'une fontaine de jouvence. Un troisième homme d'une vingtaine d'année les rejoint. Il porte un plateau surmonté de trois flûtes pétillantes.

    « *Il n'y a plus de jus de pamplemousse, problème de livraison d'après le barman. Comme je ne savais pas trop quoi te prendre, je lui ai finalement dit d'en ajouter une…*

Son interlocuteur lui fait comprendre par un clignement de paupières que ce n'est pas important et saisit la flûte que lui tend le jeune homme. Son ami l'imite puis se lève.

- *Puisque nous ne pourrons pas être présents ce soir à tes côtés, nous souhaitions quand même porter un toast… À ta brillante carrière… Et à cette nouvelle vie qui s'offre à toi. Qu'elle soit longue et radieuse. »*

Touché par ces propos, l'individu honoré trinque volontiers puis boit du bout des lèvres, il n'appréciera décidément jamais le goût du champagne. L'amertume se propage dans sa bouche, elle ne s'arrêtera pas là. Le plus jeune l'observe, dissimulant habilement les sentiments qui le traversent.

II

Lundi 19 mai 2014

Commissariat de police, deuxième arrondissement de Lyon.

Dix minutes, peut-être quinze, qu'ils attendent dans cette pièce sordide, dernière porte au bout du couloir, premier étage. L'unique fenêtre donne sur une cour intérieure et n'apporte que peu de clarté en ce début d'après-midi pluvieux. Le policier qui les a installés n'a même pas daigné allumer la lumière.

Ses lunettes noires posées sur la table, le regard figé, Johanne Distelle semble éteinte ; le décès brutal de Mathias, quatre jours plus tôt, l'a anéantie. A presque soixante ans, le temps n'avait pas eu d'emprise sur sa beauté, mais en seulement quelques jours la tristesse a fait son œuvre, traits creusés, mine blafarde. Constater que la vie puisse continuer sans lui, rend chaque minute insupportable.

Jeudi dernier, son époux l'a déposée à leur domicile après une soirée organisée à l'occasion de son départ en retraite. Après de nombreuses années de service, il devait enfin quitter son poste de directeur d'agence de la banque de Rhônes-Alpes. Trop fatiguée, elle ne l'a pas accompagné récupérer leur fille Aurore à l'aéroport Saint-Exupery. Le vol en provenance de Budapest atterrissait vers minuit. En route Mathias a fait un malaise, entraînant la perte de contrôle de sa Mercédès. Après plusieurs embardées le véhicule s'est encastré violemment dans la pillasse d'un pont. À leur arrivée, les secours n'ont pu que constater son décès. Depuis, le remord de l'avoir laissé partir seul la dévore et hantera probablement ses pensées jusqu'à la fin de ses jours.

Assis aux côtés de la désormais veuve, Francis Rasyel, le visage marqué lui aussi, fulmine. Il est son avocat, son cousin aussi. Il a été recueilli par la mère de Johanne à l'âge de huit ans, suite au décès accidentel de ses parents. Dès lors ils grandirent ensemble. Encore très proches, ils se considèrent comme frère et soeur.

« *Ils n'ont vraiment pas honte de nous faire attendre ici dans ce cloaque. Ils nous convoquent pour 15 heures...* un soupir... un silence… *Tu tiens le coup ?*

Hochement presque imperceptible de tête de la femme alors que la poignée de porte se met à bouger...

- *Enfin !* » dit-il dans un souffle.

La porte s'entrouvre. Une main passe l'embrasure cherchant à tâtons l'interrupteur. Ce n'est qu'après une insoutenable seconde qu'elle atteint enfin son but. Deux néons s'allument agressant les yeux du couple habitués à la semi pénombre. L'inspecteur Raoul Mussec entre dans la pièce à reculons, poussant la porte avec l'arrière de l'épaule. Un de ses bras porte un épais dossier dont les feuilles dépassant de toute part trahissent un rangement précipité. Se retournant, il paraît surpris par les mines figées et désabusées qui le fixent. L'entrée saugrenue d'un personnage à l'apparence hirsute, à mi-chemin entre le geek allumé et le hipster négligé, a de quoi les déconcerter. Il les salue discrètement en marmonnant dans sa barbe.

« *Bonjour. Inspecteur Mussec.* »

Un silence gênant s'installe tandis le policier s'assoit face au couple. La porte s'ouvre à nouveau. Son collègue Livio Enzinio, au look académique parfaitement millimétré, pénètre discrètement dans la pièce. C'est bien plus franchement qu'il se présente, assumant une certaine désinvolture.

« *Bonjour monsieur-dame, inspecteur Enzinio. Vous nous excuserez de vous avoir fait attendre ici. Comme vous l'avez sûrement constaté, le commissariat est en travaux et seul cet endroit est épargné.* »

Dans cette pièce, surnommée le « purgatoire » depuis de nombreuses années, les langues se délient, les âmes se déchargent, et bien souvent la vérité éclate, figeant le destin de ses protagonistes pour des années. Mussec observe les mines de mort-vivants des occupants actuels et pense que cette dénomination semble à nouveau se justifier. Il prend la parole calmement en essayant de s'exprimer distinctement.

« *Nous vous avons convoqués à la demande de notre supérieur, le commissaire Blanchard, pour vous faire part du rapport du médecin légiste concernant l'accident qui a coûté la vie à M. Mathias Distelle. Il nous a été remis en fin de matinée.*

- Votre commissaire ne daigne pas se déplacer en personne ? lance l'avocat, dont la colère engendre une vanité agressive.

Pas de réponse. L'inspecteur gêné prend soin de remettre un peu d'ordre dans les feuilles avant de continuer, il doit peser chacun de ses mots. En déléguant cette tâche délicate, le commissaire leur a fait la morale : « *Attention les p'tit gars, ces gens sont de la haute, M. Distelle n'était pas juste un petit banquier, il descendait d'une famille connue et appréciée, avec de nombreux amis très bien placés… Dans cette affaire on marche sur des oeufs alors on évite les maladresses qui pourraient coûter cher.* »

- *Les résultats indiquent qu'indiscutablement votre mari était décédé avant l'accident.* Mussec parcourt le rapport des yeux. *Compte-tenu des dispositifs de sécurité de son véhicule le choc ne l'aurait probablement pas tué. C'est d'ailleurs pour cette raison qu'une investigation scientifique a été lancée, sa mort pouvant être considérée comme suspecte.*

Visiblement très émue, l'épouse ne peut retenir un léger sanglot. L'avocat se relève et fixe Raoul qui continue :

- *M. Distelle a effectivement fait un malaise cardiaque…*

Avant qu'il ne puisse enchaîner, Francis Rasyel le coupe, s'adressant à sa cousine :

- *C'est incompréhensible, non ? Tu m'as bien dit qu'il avait revu le cardiologue récemment… Il avait l'air en pleine forme…*

Reprenant péniblement le dessus sur ses émotions, elle répond :

- *Son dernier rendez-vous remonte à moins de deux semaines. Je veillais toujours à ce qu'il prenne son traitement.*

Diplômée en pharmacie, elle était plus que qualifiée pour soigner scrupuleusement son époux. Puis s'adressant aux inspecteurs :

- *Il souffrait d'insuffisance cardiaque et de tachycardie depuis déjà bien des années. C'était héréditaire, ses deux parents étaient tous les deux fragiles à ce niveau là. Le stress lié à sa profession n'arrangeait rien.*

- *Effectivement,* reprend le policier, *les analyses toxicologiques ont démontré qu'il prenait ce genre de médicaments.* Mussec marque une petite pause avant de lâcher le morceau. *Mais elles démontrent surtout une présence anormalement élevée de digitaline dans son sang, vous savez ce que c'est je suppose ?*

Déconcertée, Johanne Distelle prend quelques secondes avant de répondre, le temps de mettre de l'ordre dans ses pensées :

- *Oui… Bien sûr… Il s'agit d'une molécule utilisée dans certains traitement des troubles cardiaques… Les médicaments de Mathias en contiennent probablement une quantité infime. La prise de digitaline est très complexe, les effets peuvent s'avérer autant bénéfiques que dévastateurs. Elle peut être un véritable poison.*

Après avoir prononcé ce mot la professionnelle laisse aussitôt sa place à l'épouse :

- *Il aurait fallu qu'il prenne une énorme quantité de comprimés, ou bien…*

- *Effectivement madame, les circonstances du décès ne collent pas avec un suicide. Le rapport conclut à un empoisonnement.* Mussec continue de parler doucement pour ne pas la perturber plus qu'elle ne l'est déjà.

- *Quoi ! Mathias empoisonné !* s'exclame l'avocat qui lui, par contre, perd tout professionnalisme… *Vous démarrez une enquête pour homicide, alors ?*

- *Je dirais même plus : pour meurtre avec préméditation,* enchaîne de sa voie grave Livio Enzinio, tapi contre le mur. Alors que Rasyel se tourne vers lui, il le fixe et continue. *Nous allons donc enquêter sur l'entourage de M. Distelle, côté professionnel mais aussi côté familial, afin de trouver qui est derrière tout ça.* Puis se tournant vers l'épouse il lance dans un léger sourire : *Bien entendu, madame, vu les circonstances du décès et compte-tenu de votre profession, nous ne pouvons évidemment pas vous écarter de la liste des suspects. »*

Johanne éclate en sanglots, toute dignité envolée. L'avocat sort de ses gonds et invective les deux policiers. Mussec lève les yeux au ciel en imaginant la tête du commissaire apprenant le manque de diplomatie de son collègue. Enzinio jubile, rien ne semble jamais l'impressionner.

—

Dans son bureau, le commissaire Blanchard commence le débriefing avec son équipe. Il s'agit du seul endroit du commissariat où les travaux sont terminés. Son occupant s'était montré très menaçant envers les entreprises dès le début des travaux, il ne leur avait laissé que deux jours et deux nuits pour réaliser les prestations dans cette pièce.

Les quatre inspecteurs chargés de l'enquête appréhendent la colère de Blanchard à l'égard de Livio.

« Apparemment Enzinio, on fait toujours pas dans la dentelle... J'ai entendu le départ de Rasyel furieux depuis mon bureau. Tu maîtrises bien le fond mais toujours pas la forme ! Je crois bien que tu l'as fait exprès en plus. Du haut de son mètre quatre-vingt-dix l'imposant commissaire fixe l'inspecteur. *Profites de Lyon, il est pas impossible que tu sois muté d'ici peu... et moi en retraite... Bien méritée, travailler avec des gus comme toi ça m'use. Je vous l'avais dit les gars, quand on touche à ce milieu, on marche sur la pointe des pieds ! Le maire est un de leurs très bons amis, et en plus cet avocat, ce Rasyel, je le connais depuis longtemps, c'est une vraie tête de... Enfin c'est un coriace !*

- Personne n'est au-dessus des lois, commissaire, en plus il nous prenait de haut cet avocat, et j'aime pas ça, répond l'inspecteur que les colères du chef n'impressionnent plus. *On en a déjà vu des épouses éplorées meurtrières. Les statistiques ne jouent pas en sa faveur.*

- Arrêtes ! Le ton est monté d'un cran supplémentaire, *tu me fatigues.* Puis s'adressant aux autres plus calmement : *maintenant, il va vous falloir être méthodique, vous comptez procéder comment ?*

- J'ai rappelé le légiste pour avoir des précisions quant à ce poison : la digitaline, enchaîna Raoul sortant une feuille pliée de la poche de son jean, *il s'agit d'une molécule d'origine naturelle qu'on obtient à partir d'une plante : la Digitale... Après différents procédés qu'il vous expliquerait mieux que moi, on obtient des cristaux, non-solubles dans l'eau mais parfaitement dans l'alcool, au goût assez amer. Puisqu'aucune trace d'injection n'a été*

découverte sur le corps, il semble évident qu'on lui en a dilué dans une boisson alcoolisée… Il continue de survoler les notes prises pendant l'entretien avec son collègue… *Temps d'absorption assez long, 3 à 4 heures, décès vers 23 heures, donc probablement ingéré durant la réception donnée dans sa banque pour son départ en retraite, entre 20 et 21 heures.*

- *Combien de personnes présentes à cette soirée ?*

- *Sûrement plus de cent mais on ne sait pas exactement, j'ai appelé son assistante pour avoir la liste complète, elle doit me l'envoyer par mail,* répond l'inspectrice Eugénie Grandin.

Le téléphone du bureau du commissaire sonne, il attrape rapidement le combiné, faisant signe à la jeune femme de se taire :

- *Oui,* répond-il sèchement.

Un court silence.

- *Mme Distelle,* reprend-il d'une voix gênée et plus posée, *je comptais vous contacter.*

Armand Blanchard allume le haut-parleur afin que ses subalternes profitent de la conversation.

- *J'ai bien réfléchi commissaire,* l'élocution encore fragile semble plus apaisée qu'une heure auparavant. *Comme d'une part j'ai la conscience tranquille et que d'autre part j'aimerais que votre enquête avance rapidement, je suis disposée à collaborer le plus vite possible afin d'être disculpée. Vos inspecteurs auront accès à tous ce qu'ils voudront que ce soit à mon domicile ou bien dans mes pharmacies, ils peuvent venir dès à présent s'ils le veulent.*

- *Ah bon, très bien,* répond Blanchard étonné et soulagé à la fois. Il regarde sa montre. *Compte tenu de l'heure avancée, nous ne commencerons sérieusement les investigations que demain. L'inspecteur Mussec se présentera à votre domicile accompagné de sa collègue Grandin tandis qu'Enzinio ira au bureau de votre époux.*

- *Très bien, comme vous voulez.*

- *Excusez moi d'avoir à vous le demander comme ça, mais votre mari vous avait-il fait part d'éventuelles menaces sur sa personne ?*

- *Cela me paraît impossible dans notre cercle proche évidemment mais...* un soupir, elle hésite... *dans son cadre professionnel, il ne s'est sûrement pas fait que des amis durant les quinze années passées au poste de directeur... Il n'en parlait que très peu... En fait je n'en sais rien ... Il éprouvait un certain soulagement à quitter cette fonction... C'était un homme bon vous savez...*

- *Bien, merci. Nous approfondirons tous cela dès demain.*

- *Monsieur le commissaire ?*

- *Oui madame ?*

- *Je voulais m'excuser pour la réaction de mon cousin, Francis a toujours fait preuve d'un grand protectionnisme à mon égard et...*

- *Ne vous inquiétez pas madame, l'inspecteur Enzinio a lui aussi manqué de subtilité,* l'interrompt le commissaire lançant un regard noir à l'intéressé.

- *Merci commissaire, au revoir.*

- *Au revoir madame.*

Blanchard repose le téléphone doucement sur son socle, soufflant doucement les yeux fermés. Puis reprend vivement :

- T'as écouté Mussec ? Demain tu prendras Eugénie avec toi. Vous commencerez par le domicile, le voisinage, bref vous ferez parler le quartier. L'après-midi vous visiterez les officines et vous interrogerez le personnel. Le poison surtout, vous chercherez la trace du poison, une innocence éventuelle de la pharmacienne n'interdit pas qu'il ait été élaboré chez elle. O.K. ?

- O.K., répondent les deux inspecteurs en choeur. Après avoir toisé Raoul de haut en bas :

- *Et sois un peu plus présentable Raoul, s'il te plaît.*

- *J'essaierai.*

- *C'est pas si compliqué, tu devrais y arriver.*

Puis se tournant vers Enzinio :

- *Quant à toi le rital de pacotille, tu ne t'approches plus de cette dame. Tu promèneras ta mèche gominée dans les bureaux de la banque Rhônes-Alpes, Buffon viendra avec toi. Vous interrogerez le personnel et vous mettrez votre nez partout où vous pourrez, j'imagine qu'ils vont invoquer le secret bancaire et que vous n'aurez pas accès à grand chose.* Puis s'adressant aux quatre inspecteurs : *Dans ce genre d'affaire il faut trouver l'origine de la rancoeur, vous voyez ce que je veux dire ? La rancoeur, la vraie, celle qui mène au meurtre prémédité, la vengeance quoi ! On empoisonne pas sur un coup de tête. Demain soir vous passerez me faire un dégrossi de la journée !* Il continue avec une certaine ironie dans la voix. *Monsieur le procureur de la République doit déjà jubiler à l'idée de s'exprimer devant les médias ; d'ici quelques jours il aura besoin du maximum à leur mettre sous la dent. »*

Dans une petite pièce, assis côte à côte depuis plus d'une heure autour d'un même bureau, les inspecteurs Buffon, Enzinio et Mussec étudient la liste des invités présents à la réception. Livio s'exclame :

« *Que du beau monde... Je crois qu'on devrait pas s'ennuyer avec cette affaire...* Il renifle l'air ambiant et passe du coq à l'âne... *Combien de temps est-ce qu'on va devoir supporter ces odeurs de peinture ? J'ai vraiment hâte que les travaux soient terminés, on n'aura plus à s'entasser dans ce petit bureau sordide.*

- *On profitera des joies de l'open-space et de son brouhaha permanent,* ironise Raoul.

- *Ça vous dit de venir boire un coup au Mouss-Tache ?*

- *Ouais pourquoi pas*, réplique Arthur Buffon toujours partant pour ce genre de sortie.

- *Non merci*, répond Raoul, sans même lever les yeux vers son collègue, *je pense me coucher de bonne heure ce soir et je veux garder les idées claires pour demain.*

- *Justement moi je trouve que la bière aide bien à s'éclaircir les idées. T'es tout bizarre en ce moment, je pense que ça te ferait pas de mal de venir trinquer avec nous. Enfin, je veux pas insister c'est toi qui vois.*

N'appréciant pas cette dernière remarque, son collègue lui demande :

- *Personne ne t'attend chez toi, ce soir?*

- *Non, pas en ce moment, on fait un break... Je t'expliquerai à l'occasion.* »

Piqué par la question incisive à laquelle il s'est senti obligé de répondre, Enzinio se lève prend sa veste et sort attendre Buffon dans le couloir. Ce dernier range quelques feuilles et le rejoint aussitôt. Il est de notoriété publique que Livio Enzinio en dit le moins possible sur sa vie conjugale compliquée. Raoul sourit en les regardant partir ; songeur, il appréhende le retour de la nuit et de ce qui perturbe son sommeil.

III

Mardi 20 mai 2014

    6h12. Les yeux grands ouverts, Raoul fixe le plafond blanc de sa chambre, impassible. Il est enroulé dans sa couette, les cheveux encore plus en bataille qu'à l'accoutumée. Ce qu'il vient à nouveau de ressentir le rend perplexe. Depuis plusieurs mois, certaines de ses nuits sont perturbées par un étrange phénomène qui prend de plus en plus d'ampleur, jusqu'au summum des dernières minutes.

    Tôt le matin, alors qu'il n'est pas encore éveillé mais peut-être plus tout à fait endormi, une voix envoûtante monte en lui, d'abord à peine perceptible puis de plus en plus forte. Même si cela en a l'inconsistance, il s'agit de tout sauf d'un rêve. Les sens aiguisés, il est conscient de ressentir une douceur qui l'enveloppe intensément. Cette voix aérienne, presque fantomatique, lui est familière. Il est quasiment sûr qu'il s'agit de celle d'Aimée, sa grand-mère. Elle avait occupé une place prédominante durant son enfance, son décès l'ayant anéanti alors qu'il n'était encore qu'un jeune adolescent. Cette nuit elle s'est exprimée avec ces quelques mots :

    « *N'accable pas cette femme... Le poison la tuera elle aussi.* »

Outre la sensation à laquelle il ne s'habitue toujours pas, cette phrase le laisse dubitatif. Alors que les fois précédentes les propos avaient été incompréhensibles, ce matin il lui semble évident que la femme en question ne peut être que Johanne Distelle. La question se pose une fois de plus : communication, illusion ou rêve hallucinatoire ? Il a commencé à se pencher sur le sujet, les quelques livres éparpillés au pied du lit en témoignent. Sont présents des ouvrages extravagants de pseudo-médium « en lien » avec l'au-delà, mais aussi des écrits de neuropsychologues qui ramènent ces expériences à des phénomènes chimiques et physiologiques. Il n'a pas vraiment pris le temps de sérieusement les lire, la plupart n'ont été qu'à peine feuilletés. À chaque fois, il avait espéré naïvement que cela ne se reproduirait plus. L'intensité de ce matin malmène son esprit cartésien. Alors qu'il n'a jamais donné aucun crédit aux croyances populaires sur la communication avec les morts, le doute s'installe.

Pour tenter de couper court à ces questionnements, il se lève d'un bond pour se diriger vers la kitchenette. Son colocataire rentre tout juste lorsqu'il commence à verser le café moulu dans la cafetière à piston. Ensemble ils partagent un vieil appartement donnant sur une traboule, ses cours intérieures au charme florentin, typiques du vieux Lyon. Raoul aime cette authenticité, son seul salaire d'inspecteur ne lui permettrait pas ce luxe. Il cohabite donc avec Fabien, dit Fabiola, hôtesse drag-queen dans un bar de nuit, le *YM*. En raison de leurs rythmes de vie décalés, ils ne font que se croiser, c'est parfois le moment propice pour échanger quelques mots sur leurs vies respectives. Les deux hommes s'apprécient énormément. Fabien, fasciné par les activités policières de son coloc, est toujours très friand de récits les concernant. Raoul, lui, reste persuadé que pour pérenniser leur cohabitation ils doivent paradoxalement être proches et distants à la fois. Il s'est bien accommodé de cette situation, essayant de ne dévoiler son quotidien qu'au minimum. Malgré cela il sait qu'il ne peut rien cacher à Fabien, leur amitié est trop ancienne. Toujours travesti par son maquillage tape-à-l'oeil et sa tenue colorée celui-ci prend un verre, le remplit d'eau puis s'assoit sur un tabouret. Voyant la mine de l'inspecteur, il lui demande :

« *Encore un de tes rêves bien allumés ?*

Raoul acquiesce d'un mouvement de tête... C'est la seule personne à qui il peut confier ce genre de problème. Il est persuadé qu'un collègue le cataloguerait et se ferait une joie de propager dans tout le service qu'il est un peu dérangé. Fabien ne juge pas les autres, à l'évidence il en a lui-même trop souffert.

- *Plus intense, celui-là... Et plus concret.*

- *Tu crois pas que tu devrais penser à consulter un toubib ou un psy, c'est peu-être lié au stress de ton job. T'as toujours l'air fatigué, il n'est pas impossible que tu fasses un burn-out !* Raoul ne se sentant ni fatigué ni surmené le regarde d'un air dubitatif. *Ou pire encore : tu t'es fait ensorceler et c'est un marabout qu'il faut trouver !*

Une plaisanterie pour dédramatiser et redonner le sourire, vieille technique de coloc pour faire perdurer le vivre ensemble. Il sait d'autant plus que derrière son aspect nonchalant et détaché, son ami cache une tension latente et omniprésente.

- *Arrête de dire des conneries et va plutôt te coucher, c'est toi qui es fatigué. »* Déjà que Raoul n'a aucune confiance dans les toubibs, consulter un marabout-guérisseur serait la dernière chose qu'il ferait.

La conversation se limite à cet échange. La dernière suggestion faite par son ami ravive un lointain souvenir. Elle lui rappelle les mots prononcés par le médecin de famille alors que sa grand-mère malade partait en ambulance à l'hôpital :

« *Ne t'inquiète pas, dans une semaine elle sera revenue.* »

Ce fut le dernier jour qu'il entendit réellement le son de la voix d'Aimée. Il se fit alors sa propre idée de la valeur de la parole dans le corps médical.

—

Peu avant huit heures, Mussec, les cheveux attachés, la barbe grossièrement taillée, emprunte un véhicule de fonction banalisé au commissariat, il a convenu avec sa collègue Eugénie Grandin de passer la prendre au *Café qu'on sert,* petit troquet en bord de Saône. La brunette longiligne l'attend assise en terrasse malgré la pluie fine et la fraîcheur matinale. Il se gare en double file et lui fait signe de se dépêcher. Geste inutile, l'impatience qui brûle en elle lui donne des ailes, elle ouvre déjà la portière. La jeune inspectrice de vingt-sept ans, qui réalisa un parcours brillant à l'école de police, est fascinée par les affaires d'homicide et plus encore par les meurtres avec préméditation. Bercée aux *Experts, Dexter* et autres séries américaines, elle est de la génération du crime adulé.

Les quelques minutes en voiture sont silencieuses. Raoul se perd dans ses pensées. Lorsqu'il est au travail, il s'efforce toujours de mettre ses états d'âme de côté, aujourd'hui il s'avère que ce sera un peu plus difficile que d'habitude. Il a d'ailleurs imposé à sa collègue de ne pas lui parler afin de ne pas le *« saouler, merci »*. En temps normal il a déjà beaucoup de mal à supporter la futilité des conversations matinales et leurs banalités partagées, ce matin elles lui seraient insupportables. Elle ne s'en offusque pas, trop excitée par la situation, elle sait qu'il peut se montrer parfois un peu bougon. Malgré cela, elle aime bien faire équipe avec lui. À son arrivée au commissariat, deux ans auparavant, il s'était avéré être le plus accueillant et ouvert des inspecteurs à son égard, et probablement le seul du service à ne pas l'avoir draguée. Pour expliquer cette attitude, Livio Enzinio prétend que Raoul est gay. En guise de preuve il ressort régulièrement une photo où on l'aperçoit plaisanter avec une Drag Queen à la terrasse d'un café.

Arrivés rue Cuvier, ils se garent puis empruntent une voie privée étroite qui mène à un vieil immeuble cossu divisé en trois appartements. Chacun d'entre eux occupe toute la superficie d'un étage, laissant le rez-de-chaussée à la loge du gardien et aux différents locaux techniques.

« *Un gardien pour trois apparts... Et quels apparts ! Au moins deux cent mètres carrés chacun,* constate Mussec en s'approchant du bâtiment.

- *En fait c'est une gardienne.* Sonnant à la porte, Eugénie fait remarquer à son collègue la petite plaque discrète sur laquelle on peut lire : « *Mercédès Dias, gardienne, médium-cartomancienne* ».

- *Il semblerait que madame ait plusieurs cordes à son arc…* », les deux policiers échangent un sourire moqueur.

Après un court instant une femme proche de la soixantaine ouvre la porte. Très maquillée, de petite taille, assez ronde, elle porte un tailleur pantalon gris clair sous un tablier noir. Assez chic, elle semble à mille lieues du stéréotype de la gardienne d'immeuble. Les deux policiers la saluent et se présentent en sortant leur carte, aussitôt son visage semble s'illuminer. C'est avec un grand sourire qu'elle les invite à entrer puis à s'assoir dans son salon rétro.

« *Non pas vintage, rétro, vieillot même ! Le logement était moins classe que l'occupante,* racontera plus tard l'inspectrice à ses collègues. *D'ailleurs elle n'est pas vraiment classe, elle essaie d'être chic mais dès qu'elle parle tout s'évapore…* »

Ils prennent place dans un canapé en tissu aux motifs fleuris. À leur côté, un buffet, qui rappelle l'époque révolue où le Formica était de bon goût, est recouvert de poupées ornées de robes de mariée… En laine, du *« fait main sans doute »*. Après leur avoir servi un café, elle s'installe face à eux.

« *Alors, c'est pour ce pauvre M. Mathias que vous êtes là ? J'ai lu ce matin qu'on l'a empoisonné, comment est-ce que je puis vous aider ?* dit-elle gardant un large sourire.

Mussec observe les deux femmes à ses côtés et réalise qu'il est en présence de deux personnes émoustillées par le meurtre d'un homme. « *Vraiment pathétique* » pense-t-il.

- *Nous souhaiterions savoir si vous n'avez rien remarqué d'anormal dans la vie de l'immeuble, comme des agissements inhabituels, des personnes suspectes éventuellement ?* dit Eugénie en vraie pro de l'investigation.

- *Vous savez ici il n'y a que des gens bien, on n'est pas chez monsieur et madame tout le monde. Très peu de personnes viennent ici.* Elle énumère : *le facteur, les livreurs, les clients de ma deuxième activité, ils sont rares à venir ici... Faut dire que j'en ai beaucoup par téléphone.* Sortant un carnet. *Je note tout là dedans.*

- *Rien de particulier jeudi dernier ?*

- *Non, rien...* puis feuilletant son carnet : *juste le facteur vers environ 9 heures 17. Vous savez au premier étage M. Front est absent pour ce moment, il est un pilote de ligne, on ne se trouve honorés de sa présence qu'une semaine par mois. Au deuxième, M. et Mme Drouville ne résident ici que durant les cinq mois d'hiver, ils possèdent de nombreuses villégiatures secondaires un peu partout dans le monde... »*

S'ensuit un monologue interminable, dans une syntaxe approximative, mêlant un vocabulaire soutenu à des tournures populaires. Elle tente par son langage, autant qu'avec sa tenue, de s'élever au niveau des résidents, sans succès. La gardienne ne tarit pas d'éloges à leur sujet, elle les idolâtre, vivant à travers eux ; à ses yeux leurs carrières et leurs revenus confortables, doux euphémisme, sont des gages de sérieux et de respectabilité. Elle décrit les Distelle comme un couple soudé, « *un amour comme j'en n'avais jamais côtoyé avant et moi je ressens ces choses là vous savez »*, *« toujours un mot gentil »*, leur fille Aurore se voit qualifiée de « *belle et brillante* ». Elle mentionne aussi les régulières visites de Francis Rasyel *« un monsieur vraiment très bien »*, de son fils César aussi parfois, *« on le voit moins à présent, il étudie beaucoup »*. Après une dizaine de longues minutes passée en sa compagnie, les deux inspecteurs la remercient, de toute évidence elle ne peut rien apporter de plus à l'enquête, trop subjective dans ses propos.

« *L'enquête de voisinage va être vite faite si l'immeuble est vide…* »

Alors qu'ils s'éloignent de la loge en direction de l'ascenseur, la gardienne entrouvre sa porte et rappelle Raoul :

« *Monsieur l'inspecteur ?*

- *Oui madame »*, dit-il faisant aussitôt demi-tour.

Elle attend qu'il se soit rapproché pour lui dire tout bas : « *Vous, vous avez beaucoup de chance. Vous avez un ange au dessus de la tête qui veille sur vous, je le sens… Et je crois que vous le savez, non ?* Raoul est sans voix. *Il devrait vous guider depuis l'au-delà. Revenez me voir pour en discuter, je vous ferai une séance à prix réduit.* »

L'inspecteur reste interloqué alors qu'elle referme doucement la porte, le fixant droit dans les yeux d'un air malicieux. Il se retourne et s'efforce d'afficher une attitude assez neutre en rejoignant sa collègue.

« *Qu'est-ce qu'elle te voulait ?*

Un mensonge s'impose :

- Oh rien, elle a dit de faire attention de ne pas tomber dans l'escalier, elle a passé la serpillière juste avant que l'on arrive.

- Ça fait déjà un petit moment quand même, c'est qu'elle croit qu'on va monter au troisième par les escaliers ? Pas moi en tout cas, reprend la jeune femme en appuyant sur le bouton de l'ascenseur.

- Je prends l'escalier », dit-il.

Les propos de Mercédès Diaz ont accentué le désarroi de Mussec. Après avoir gravi les dernières marches, il se dirige machinalement vers Eugénie. Celle-ci s'impatiente à l'autre bout du couloir devant la porte d'entrée de l'appartement des Distelle. Il la regarde poser son index sur la sonnette sans réellement la voir. La porte s'ouvre et tout semble basculer. Aurore Distelle apparaît, jolie brune à la peau d'albâtre d'environ vingt-cinq ans. Ses yeux bleus portent un regard sur Raoul qui le déconcerte littéralement. Enchevêtré dans ses pensées, il ne s'attendait pas à être subjugué par la beauté de la jeune femme. Toutes ses inquiétudes semblent subitement se dissiper. Elle les invite à la suivre jusqu'au salon. Le long du corridor Raoul marche sous ses faux-airs de nonchalant imperturbable mais toute son attention est à présent orientée vers la silhouette d'Aurore. Eugénie, quand à elle, est impressionné par les signatures au bas des tableaux, elle en dira plus tard :

« *On n'était plus dans le même monde. Une vraie galerie d'art.* »

Leur ravissante hôtesse s'arrête devant une porte, pose la main sur la poignée et leur murmure avant d'entrer :

« *Je vous demanderais de ne pas trop la brusquer, elle est encore très choquée par ce que vous lui avez annoncé. Hier vers 22 heures les nerfs ont lâché, j'ai dû appeler un de ses amis médecins.*

- Ne vous inquiétez pas, nous allons essayer de ne pas trop l'accabler de questions », dit Eugénie. Pour Mussec, ces paroles font indéniablement écho à celles qui l'ont réveillé.

Une fois la porte franchie, les policiers saluent Johanne Distelle. Elle reste assise, un petit Jack Russel somnolent est couché à ses pieds. Elle les convie à s'installer face à elle, chacun dans un fauteuil de type Voltaire. Raoul la trouve moins perturbée que la veille au commissariat lorsqu'ils s'étaient quittés, imputant cet état à quelques calmants efficaces. La prise de parole au débit légèrement ralentie finit de l'en convaincre.

« *Je vais vous exposer tout ce que je pense être utile à votre enquête, n'ayant presque pas fermé l'oeil de la nuit, j'ai beaucoup réfléchi, ensuite je répondrai à vos éventuelles questions.*

Après avoir attendu l'acquiescement des inspecteurs, elle continue :

- Mathias et moi avons toujours été un couple uni et soudé, notre unique fille pourra sans doute vous le témoigner. Debout à ses côtés celle-ci approuve d'un hochement de tête. *Nous avions prévu d'arrêter notre activité en même temps afin de profiter l'un de l'autre, nous envisagions même de partir faire le tour du monde. Ce projet avait été différé, puisqu'à ce jour je n'ai pas encore signé la vente de mes pharmacies... De toute façon cela n'a plus d'importance ... Tous mes rêves sont partis avec lui...* se ressaisissant : *L'empoisonnement de mon mari me semble inconcevable, impossible qu'on ait pu lui en vouloir à ce point, il a toujours été quelqu'un de conciliant, dans la négociation. Dans son travail, au quotidien, c'étaient les situations pour lesquelles on lui demandait de trancher qui le stressait, il me le confiait assez souvent, refuser des fonds pouvaient souvent être à l'origine de la destruction d'emplois. Il aimait son domaine d'activité mais je pense qu'il était bien trop sensible pour ce milieu. D'ailleurs lors de la soirée en son honneur, de nombreuses personnes l'ont remercié pour cet aspect de sa personnalité, M. Forzzanna a même dit de lui qu'il avait redonné un visage humain à la banque. Alors, excusez-moi, mais j'ai vraiment du mal à comprendre et admettre ce qui s'est passé ensuite... »*

Alors qu'Eugènie note tous ses propos, la veuve fait une pause, elle cherche ses mots, les idées se bousculant dans son esprit embrumé. Comme pour la soutenir, sa fille se rapproche d'elle et lui pose la main sur l'épaule. Raoul observe la scène, il éprouve une certaine empathie pour cette femme, les mots qu'il attribue à sa grand-mère tournent en boucle dans sa tête.

« La nuit dernière m'a permis de rafraîchir mes connaissances à propos de la Digitaline et sa dissolution dans l'alcool. Je ne connais pas en détail vos conclusions mais je suppose que vous pensez qu'on lui a fait boire durant la réception... Probablement diluée dans une coupe de Champagne... Alors qu'il n'en buvait pour ainsi dire jamais. Il ne consommait que très rarement de l'alcool, il n'aimait pas ça et il avait gardé un souvenir dévastateur de son père ivre alors qu'il ne devait avoir que huit ou neuf ans. Il ne trinquait que par politesse, dans le monde des affaires, ne pas boire

d'alcool est inconcevable. Ce soir là il avait même imposé au traiteur qu'il lui serve une boisson gazeuse sans alcool ayant le même aspect... Alors je ne peux pas vous affirmer exactement ce qu'il a consommé mais je doute fort qu'il ait bu une seule coupe de Champagne. Lorsqu'il m'a déposée il était en pleine possession de ses moyens.

Nouvelle pause, elle ne les regarde plus, les yeux dans le vide.

- Concernant mon éventuelle implication dans le meurtre de mon époux, il m'aurait évidement été possible de réaliser ce poison, dans une officine ou même ici. Je ne sais pas si vous avez cherché sur internet, mais vous pourrez constater qu'il n' y a pas besoin d'être diplômé en pharmacie, tout le monde peut le faire, à condition de se procurer de la Digitale pourpre et l'équipement nécessaire.

Après un grand soupir elle conclut :

- A présent je suis ouverte à toutes vos requêtes, vous pouvez fouiller mon appartement, de même que les pharmacies, le personnel est prévenu, il vous attend. »

Raoul enchaine, prenant bien soin de ne pas la heurter, et lui demande le déroulement exact de sa journée du jeudi 15 Mai. Sans hésiter, elle répond qu'elle avait travaillé jusqu'à 18 heures 30, ses collaborateurs de la pharmacie cours Vitton le confirmeront. Elle était ensuite revenue seule ici, se changer, avant de se rendre en taxi à la réception. Son mari la ramena vers 23 heures, ils auraient dû aller chercher leur fille ensemble mais elle se sentait trop fatiguée. A minuit, le téléphone sonna : Aurore appelait croyant que la soirée s'était éternisée et qu'on l'avait oubliée. Johanne essaya ensuite d'appeler Mathias plusieurs fois, jusqu'à ce qu'elle reçut un appel de la police, lui annonçant l'accident.

Eugénie souhaite manifestement poser encore quelques questions mais, comme la veuve semble à présent exténuée par cet échange, elle décide de patienter quelques secondes. Observant la situation et probablement pour préserver sa mère, Aurore coupe court à cet entrevue. Apparement agacée, elle invite les inspecteurs à faire le tour du luxueux appartement. C'est un peu gênés qu'ils la suivent et découvrent salons, chambres, salles de bain, cuisine. Évidemment, aucune pièce ne s'apparente à un laboratoire de chimie. En quittant l'appartement, Raoul se sent obligé de s'excuser auprès de la jeune femme, il ne souhaite pas lui laisser une mauvaise impression.

« *J'espère que vous nous pardonnerez la longueur de l'entretien avec votre mère, nous...*

- *Ne vous inquiétez pas,* le coupe-t-elle aussitôt, *je suis consciente que vous n'êtes ici que pour faire votre travail. D'ailleurs c'est elle qui vous a invité à le faire et finalement vous n'avez presque pas eu à l'interroger puisqu'elle n'a rien à cacher.* »

Les deux inspecteurs regagnent la rue Cuvier et se dirigent à pied vers les deux pharmacies, la plus près est à seulement une centaine de mètres.

« *Si elle est responsable du meurtre de son mari elle cache bien son jeu.*

- *Ce n'est pas elle,* avance Raoul sûr de lui, *ce serait absurde. On n'a pas le moindre mobile et chez eux ça sent le bonheur à plein nez. Tu as remarqué toutes les photos du couple et de leur fille dans le salon ? Il y en avait même une avec André Manoukian.*

- Blanchard dit toujours de se méfier quand ça sent trop le bonheur justement. Tu as remarqué comme sa fille est protectrice à son égard.

- Et très mignonne, la gardienne n'avait pas menti...

- T'es pas gay, toi ?

Levant les yeux aux ciel Mussec répond :

- C'est quoi ce cliché, un gay peut très bien apprécier la beauté d'une femme. Mais je te conseillerais de ne pas croire tout ce qui se dit à mon sujet.

Raoul connait la rumeur colportée par un de ses collègues. Puisque cela l'amuse, il ajoute :

- Laisse les dire par contre, c'est très bien comme ça. »

Les visites successives des officines étayent les conclusions des deux inspecteurs. Ils sont reçus par un personnel dévoué à Johanne Distelle qui leur confirme la présence de digitaline dans de nombreux médicaments et surtout qu'elle n'est jamais délivrée isolée. Sa préparation n'aurait pas pu passer inaperçue compte-tenu des protocoles stricts liés à leur activité. Après la fermeture, le système d'alarme rend impossible quelque travail dissimulé.

« *Vous savez, nous ne sommes plus les apothicaires du dix-neuvième siècle, nous ne faisons des préparations que pour des ordonnances bien spécifiques,* leur explique un collaborateur de Johanne. *Et puis si je me rappelle bien de mes cours de botanique, ce sont les feuilles de la digitale pourpre qui sont utilisées pour préparer la digitaline, il faut savoir où s'en procurer et prendre le temps de faire toutes les manipulations et décoctions nécessaires. Votre meurtrier a dû quand même bien préméditer son coup.* »

IV

Mardi 20 mai 18 heures

Comme convenu la veille, les inspecteurs se réunissent à nouveau dans le bureau du commissaire Blanchard.

« *J'espère que vous m'apportez du grain à moudre, le procureur et Rasyel m'ont déjà appelé pour savoir si l'on avait au moins un début de piste sérieux… Alors ?*

Grandin et Mussec font le récit de leurs différentes rencontres en appuyant sur le peu de crédit qu'ils apportent à la thèse du maricide. Ils insistent sur le fait que d'après sa femme Mathias Distelle ne consommait jamais d'alcool et qu'il lui paraît peu probable qu'il en ait consommé durant la soirée. Pour terminer ils évoquent les propos du pharmacien concernant la Digitale pourpre.

- *Mais cela n'est valable que si le meurtrier a réalisé lui-même le poison, il a très bien pu se le procurer autrement peu de temps avant d'agir, sur le web on peut tout acheter,* conclut Raoul.

- *Mouais.* Le commissaire fait une moue dubitative. *Et vous, Enzinio et Buffon l'investigation de la banque de Rhône-Alpes a donné quelque chose ?*

- *A vrai dire on a quelques pistes mais rien de bien concret,* répond Buffon de sa voix légèrement fluette qui ne s'accorde pas à son physique râblé.

- *C'est à dire ?*

- *Nous avons été reçus par le nouveau directeur, M. Baumes, c'est un ancien collaborateur de Distelle, il ne devait prendre son poste que début juin mais du coup…*

- *C'est peut-être un point de départ ça, à voir. Enchaîne ! Quelles sont vos pistes ?* dit Armand Blanchard toujours charmant.

- *Il nous a donné deux noms d'entrepreneurs qui avaient menacé Distelle durant l'année passée pour des problèmes de trésorerie, il semblerait qu'ils aient été limite agressifs sur le coup, mais tout ce serait arrangé par la suite. Il s'agit de messieurs Forzzana entrepreneur du BTP et Falconois un restaurateur.*

- *Mme Distelle nous a parlé de Forzzana, il était présent à la réception,* indique Eugénie.

- *Il faudra les interroger ma belle, tu me les convoques pour demain matin. C'est tout ?* demande le commissaire à Buffon

- *Justement on a les vidéos de cette soirée,* enchaîne Enzinio. *Distelle avait exigé qu'elle se déroule dans le hall de la banque pour garder un cadre professionnel, donc les caméras de surveillance ont tout filmé.*

- *Il faut me les visionner fissa, si Mathias Distelle a été empoisonné durant cette réception, ce serait bien le diable qu'il n'y ait rien à découvrir sur ces vidéos.* Le commissaire marque une pause puis reprend en regardant ses inspecteurs l'un après l'autre : *pour l'instant c'est un peu léger, alors on se bouge si on ne veut pas passer pour des guignols . »*

Tous acquiescent à l'écoute de cette ritournelle qu'il leur lance au début de chaque enquête. Ils retournent dans leur petit bureau provisoire, les trois inspecteurs commencent à regarder une des vidéos tandis que leur collègue féminine tente de joindre Forzzana et Falconois. Ils sont surpris par la grosse tête du commissaire qui apparaît soudainement dans l'embrasure de la porte.

« *Vous me convoquez aussi pour demain le traiteur et tout son personnel. C'était les mieux placés pour remarquer quelque chose d'anormal. D'ailleurs c'était eux-aussi les mieux placés pour agir.* »

A vingt heures, tous quittent le commissariat, ce soir personne ne parle d'aller boire un verre, même pas Enzinio qui sera pourtant seul chez lui. Raoul redoute la nuit à venir. Inutilement, Aimée ne s'exprimera pas cette fois. Ce qui ne l'empêchera pas de connaître un sommeil très agité. Dans ses rêves les propos de sa grand-mère, de Mercédès Diaz et de Johanne Distelle vont se répéter et s'entremêler autour d'une seule image : le visage d'Aurore.

V

Mercredi 21 mai 2014.

Dans le purgatoire :

« *Comme je vous l'ai indiqué hier, nous vous avons convoqué dans le cadre de l'enquête sur le décès de Mathias Distelle.* Eugénie est assise face à Ernesto Forzanna, Raoul se tient debout à ses côtés.

- *Et comme je vous l'ai déjà dit hier au téléphone, c'est absurde,* répond l'homme condescendant. *Voyez,* il désigne la chaise vide à ses côtés, *je n'ai même pas demandé à mon avocat de m'accompagner.*

De forte carrure, habillé très élégamment d'un costume parfaitement taillé, il est de ces entrepreneurs du bâtiment qui n'ont jamais eu à se salir les mains dans leur activité. Héritiers de la sueur de leur aïeux leur suffisance n'a d'égal que le montant de leur chiffre d'affaire.

- *Pourtant il semblerait que vous l'ayez menacé il y a de cela quelques temps ?*

- *Effectivement, j'ai eu des soucis de trésorerie, j'avais beaucoup d'argent dehors. Vous savez, mon entreprise compte plus de soixante-dix salariés et autant de familles à nourrir. Alors j'étais venu lui demander un peu de souplesse, ce qu'il a refusé dans un premier temps, du coup mes propos ont probablement dépassé ma pensée...*

- Et ?

- J'ai haussé le ton et je l'ai menacé de le couler dans un bloc de béton... On se connaissait depuis longtemps, il ne prenait pas ça au sérieux. Quelques jours plus tard je lui ai apporté des garanties et il m'a permis de joindre les deux bouts. Je peux vous en apporter les preuves. Ce jour-là ça a été un peu tendu, mais il m'a toujours aidé. Moi je vais beaucoup le regretter, c'était vraiment quelqu'un de bien, lui. »

L'homme est habilement passé en deux minutes d'une certaine arrogance à une tristesse en apparence sincère. Surpris, les deux inspecteurs échangent un regard sceptique.

« *Merci de nous fournir tous ces éléments dès que possible,* conclut Eugénie.

- J'appelle mon service compta, vous les aurez dans la matinée, je n'ai rien à cacher. Mon business est clean et ma conscience aussi. »

Une heure plus tard, le restaurateur Georges Falconois s'installe à la même place. Propriétaire de quatre enseignes lyonnaises il leur tient des propos analogues. Un projet que Mathias Distelle n'aurait soutenu financièrement qu'une fois sa viabilité économique justifiée et démontrée. Le refus initial l'avait mis hors de lui également, ne supportant évidemment pas que l'on mette des bâtons dans les roues de son avidité.

Dès la fin de cet entretien, Eugénie file directement dans le bureau de Blanchard.

« *Après vérifications, la piste des entrepreneurs menaçants n'aboutit pas à grand chose, il semblerait qu'il s'agisse de menaces en l'air... Les gars les ont aperçus sur les vidéos de la soirée, on les voit plaisanter avec Distelle.*

Le commissaire pousse un profond soupir.

- Ah, si l'on devait inculper toutes les personnes qui ont menacé leur banquier... Il se ressaisit brusquement. *Par contre leur présence le soir du meurtre et leur proximité avec la victime ne nous permettent pas de les supprimer définitivement de la liste des suspects. Et pour la suite ?*

- À quatorze heures on reçoit le traiteur accompagné des huit collaborateurs qui l'assistaient ce soir là.

- O.K., faudra bien le cuisiner lui, le traiteur », conclut Blanchard apparemment satisfait de lui-même. C'est toujours le cas lorsqu'il croit faire un bon mot.

—

Durant la pause de mi-journée, Raoul file en douce hors du commissariat afin d'honorer un rendez-vous pris par téléphone en cours de matinée. Arrivé à destination, il cogne à la porte du logement qu'il avait été tellement heureux de quitter la veille. Mais c'était avant que Mercédès Diaz ne fasse mouche et aiguise sa curiosité.

« *Merci de me recevoir à l'heure du repas.*

- Je reçois à toutes les heures, répond la gardienne d'immeuble, affichant toujours le même

sourire. *C'est que j'ai dû pas mal vous impressionner hier, pour que vous reveniez si vite ?*

- *Disons que cela m'a interpellé. J'aimerais savoir ce que vous pourriez me dévoiler d'autre.*

- *Bon et bien passons dans mon salon.*

La proposition ferait presque regretter à l'inspecteur d'être revenu. Il s'assoit dans le canapé à côté d'un chat qui ne s'y trouvait pas hier. Celui-ci, couché en boule, redresse juste une oreille et se met à ronronner. La femme s'installe face à Mussec et prend doucement ses mains dans les siennes.

- *Détendez-vous »* murmure-t-elle d'une voix plus douce.

S'ensuivent alors quelques minutes interminables. Il espère qu'elle ne va pas lui jouer la chamane en transe et l'imagine se mettant à danser et à crier autour de lui comme possédée. Il pense également aux propos de Fabien au sujet des marabouts-guérisseurs, à peine plus d'une journée s'est passée depuis qu'il vient déjà consulter ce genre de personne. Elle prend la parole, rompant ainsi ce cheminement de pensée délirant, et s'exprime d'une voix douce et neutre comme si les paroles lui étaient dictées :

« *… Une personne qui vous a beaucoup aimé… Qui vous aime encore de là-haut… Elle aurait souhaité rester plus longtemps à vos côtés mais la maladie en avait décidé autrement. Elle avait encore plein de choses à partager avec vous… Elle avait ce don… Comme moi… Comme vous… Elle essaie de rentrer en contact avec vous mais vous semblez réticent, il ne faut pas douter, ni avoir peur, elle vous guidera. Vous devez accepter cette situation, plus vous l'accepterez, plus elle* *vous sera bénéfique. Là où elle se trouve on en sait beaucoup plus qu'ici. »*

La gardienne rouvre les yeux soudainement. Raoul, assez tourmenté et un peu ému, essaie de ne rien laisser transparaitre .

« *C'est fini, je n'ai plus rien à vous dire… En tous cas pour l'instant. Vous savez, je ne suis qu'une passerelle entre deux mondes, je dis ce que l'on me souffle.* Elle marque un temps d'arrêt puis ajoute très calmement : *Cela fera vingt-cinq euros, moitié prix comme convenu.* »

L'enchaînement à de quoi surprendre. Raoul sort son chéquier, elle l'arrête aussitôt.

- *Vous'auriez pas plutôt de l'espèce ?* » Apparement le don de Mercédès Diaz ne l'empêche pas de garder les pieds sur terre.

Après avoir allégé son porte-feuille, Raoul ne s'attarde pas. Il la remercie en filant directement à la porte d'entrée qu'il franchit dans le même élan. Laissant la médium dans son canapé, l'air ravi par ce qu'elle lui a révélé mais peut-être aussi par l'argent facilement gagné.

Regagnant la rue, il sort un sandwich de son sac à dos qu'il mange machinalement tout en marchant vers une station de métro. Il pensait trouver des réponses mais il repart avec des incertitudes. Toutefois, les propos tenus l'ont quelque peu rassuré, il ne serait pas fou. L'idée qu'il perçoive des messages de sa grand-mère depuis l'au-delà vient d'être corroborée par une soi-disante médium ; encore faut-il l'accepter. Il doit à présent raviver une partie douloureuse de sa mémoire volontairement mise de côté il y a bien des années.

—

Au même moment les trois collègues de Mussec prennent leur pause déjeuner dans leur minuscule bureau. Buffon et Enzinio ingurgitent des pizzas. Malgré leur invitation à partager cette pitance, Eugénie, qui tient à avoir une alimentation saine et équilibrée, préfère une salade de tofu-quinoa qu'elle est allée se chercher au traiteur bio du quartier. Indigné par cette préparation, Livio lui dit :

« *Si tu veux je peux te faire une salade avec les cartons de nos pizzas, ça aura plus de goût que ton truc infâme.* »

Comme unique réponse, elle lui lance un regard noir, de ceux qui remplacent une longue énumération d'insultes.

Ils profitent de ce laps de temps pour finir de visionner les vidéos des trois caméras de surveillance. Ils observent le directeur allant d'un convive à l'autre, semblant avoir toujours un petit mot pour chacun d'entre eux, supposé, puisque les vidéos de surveillance sont muettes. L'ambiance paraît plutôt détendue pour une réception se déroulant dans une banque. M. Forzanna l'accapare un bon moment, mais Mathias Distelle réussi à s'en extirper, essayant de ne laisser personne de côté. On l'aperçoit toujours une coupe à la main. Buffon demande aux deux autres:

« *Vous l'avez vu se servir ?*

- Moi non en tout cas, on le voit avec cette coupe trinquer plusieurs fois, mais je ne suis même pas sûr de l'avoir vu boire.

- *Moi non plus à vrai dire,* dit Enzinio, *on doit absolument éclaircir ça avec les serveurs, ils ne devraient plus trop tarder, il est moins cinq.* »

Effectivement, dix minutes plus tard, alors qu'il arrive au commissariat, Mussec prend en charge le traiteur qui se présente à l'accueil. Il conduit M. Faurest accompagné de l'ensemble de son personnel, jusqu'à la porte de la pièce partagée par les inspecteurs. Eugènie jubile, elle prend de suite les choses en main. Les trois autres restent en retrait profitant de l'excès de zèle de la jeune femme :

« *Nous vous remercions d'avoir pu venir si rapidement, nous avons plusieurs points à éclaircir concernant le déroulement de la soirée à la banque Rhônes-Alpes. Comme vous avez pu le remarquer notre bâtiment est en travaux, nous allons devoir vous séparer en deux groupes, le premier restera ici afin d'être interrogé par l'inspecteur Mussec et moi-même, le second ira au deuxième étage avec les inspecteurs Enzinio et Buffon.* »

Elle n'aime pas le purgatoire, elle trouve le lieu trop chargé en testostérone, préférant le laisser à ses collègues afin qu'ils y affirment volontiers leur virilité.

Les interrogatoires durent tout l'après-midi, on demande à chaque personne de raconter le déroulement de la soirée, les inspecteurs insistant sur les moments durant lesquels elles ont été en contact avec Mathias Distelle. Six des serveurs sont des étudiants qui travaillent en extra. Après vérifications aucun d'entre eux n'est inscrit à la faculté de pharmacie, « *on ne sait jamais* », et aucun ne possède de compte dans cette banque, « *le mobile aurait été un peu léger* ». Personne n'a remarqué d'agissement malveillant, si ce n'est quelques individus égayés par l'abus de champagne. Les cuisines étaient installées dans deux camions, dont un frigorifique, garés à l'arrière de la banque. Le directeur avait insisté pour que la soirée se déroule sur ce site afin qu'elle garde un cadre professionnel, évitant ainsi tout débordement festif. Aucune intrusion dans ces véhicules n'a été remarquée, le traiteur ne s'en est pas absenté une minute.

« *À part une visite de M. Distelle en début de soirée, lorsqu'il est venu me saluer. On se connaissait de longue date, on a discuté deux minutes. Il m'a demandé si j'avais bien prévu suffisamment de boissons non alcoolisées, il y tenait particulièrement. Je lui ai montré les bouteilles, il avait l'air satisfait. Du coup, il en a pris une coupe prétextant qu'il voulait garder les idées claires, il me semble avoir dit qu'il devait récupérer sa fille à l'aéroport dès la soirée terminée...* M. Faurest marque une pause... *Vous savez, j'ai lu dans le journal la déclaration du procureur au sujet de l'empoisonnement, ça me paraît complètement invraisemblable, je contrôle tout dans ce genre de soirée, je connais mon personnel, je ne vois vraiment pas comment quelqu'un aurait pu faire ça ce soir-là. Si c'est avéré, ce serait un scandale et je peux mettre la clé sous la porte.* »

VI

Même Jour, bureau du commissaire entre 18 et 19 heures

 « *Donc si je comprends bien : après avoir recoupé les témoignages des serveurs avec les vidéos, vous me dîtes que Distelle n'a pris qu'une seule coupe, avec laquelle il a trinqué toute la soirée. Et qu'en plus elle ne contenait pas d'alcool.*

 Tout en restant silencieux, les inspecteurs confirment ce constat.

 - *C'est une histoire de fous... On a un empoisonné et pas d'empoisonneur... Trois jours d'enquête pas une piste. J'appelle le légiste, je veux des explications.*

 Il prend son téléphone, numérote puis active le haut-parleur :

 - *Constantine, j'écoute.*

 - *Salut c'est Blanchard, concernant l'affaire Distelle, j'aurais deux-trois questions.*

 - *Vas-y mon grand, je suis tout ouïe.*

 - *Bon il semble que la victime n'ait pas bu d'alcool ce soir là, est-ce qu'on aurait pas pu lui donner le poison autrement ?*

 - *Comme je l'ai déjà dit à Mussec, il n'avait pas de traces de piqures donc il a forcément ingéré la digitaline. Comme dans Casino Royale, James Bond est* empoisonné de la même façon. Me dis pas que tu ne l'as pas vu ?

- Non c'est pas le genre de film qui me détend... Continue !

- J'avais fait des petites recherches l'autre jour : si on lui avait servi dans une boisson non alcoolisée elle ne serait pas passée inaperçue. Ça aurait eu l'air d'une espèce de bouillie infâme que peu de personnes seraient prêtes à boire. Son amertume ne peut passer inaperçue que dans de l'alcool.

- On est dans une impasse, il meurt vers 23 heures 30 alors qu'il n'a bu que du jus de fruit durant les trois heures qui précèdent.

- À moins qu'il ne l'ait bue juste avant le début de la soirée. Compte-tenu de sa corpulence, il faisait plus d'un mètre quatre-vingt et près de quatre-vingt-quinze kilos, l'assimilation de ce poison est assez lente dans l'organisme. Son traitement pour le coeur en a peut-être aussi retardé les effets. 19 heures 30 serait encore un horaire possible mais pas avant.

- Donc il ne nous reste plus qu'à trouver ce qu'il a fait à cette heure là. Au boulot les guignols ! lance -t-il aussitôt à son équipe. *Merci Constantine.*

- *Pas de quoi, salut.*

Blanchard coupe son téléphone, puis reprend ses directives :

- La banque doit déjà être fermée mais demain à la première heure, vous les appelez pour savoir ce qu'il a fait durant ce laps de temps et surtout, point crucial, avec qui il était. On doit toujours avoir son téléphone il y a peut-être un appel ou un rendez-vous dans l'agenda. »

Raoul assis dans un coin, a profité de la durée de l'échange pour surfer sur le web. Puisque deux pharmaciens diplômés lui ont vanté la facilité de préparer le poison il a vérifié par lui même :

« *Pour en revenir à la digitaline, regardez ce qu'on trouve en deux clics. Sur ce site,* explique-t-il en tournant l'écran vers ses collègues, *on voit tout le processus d'élaboration détaillé, illustré par de nombreuses photos, notamment plusieurs de la fameuse fleur.* Il fait défiler les images : *Il y a même la liste complète de tous les ustensiles nécessaires. Par contre , je n'ai pas encore trouvé de site qui en vende toute faite.*

- *Impeccable ! Vous n'êtes pas près d'être au chômage »,* conclut Blanchard.

VII

Avant de partir, Raoul passe saluer Eugénie. Seule, elle est occupée de nouveau à visionner les vidéos, craignant ou plutôt espérant avoir laissé passer quelque chose. Elle ambitionne de résoudre une affaire sans l'aide de ses comparses juste pour flatter son ego. Ainsi elle reste souvent le soir pour approfondir les dossiers en solitaire.

Sorti du commissariat, Mussec regrette de ne pas avoir de parapluie, le temps ne s'est toujours pas arrangé, mais il veut quand même rentrer à pied. Jamais son esprit n'a été autant tourmenté. Entre l'enquête qui stagne, les interrogations sur l'au-delà et la rencontre avec Aurore Distelle rien de tel qu'une bonne marche. Il hésite un temps, puis sort son mobile.

« *Oui allo ?*
- *Maman, c'est Raoul.* »

Depuis la petite enfance il lui a toujours été compliqué de communiquer avec sa mère, Francine. Il a grandi en spectateur d'une relation fusionnelle mère-fille. Il n'en a jamais voulu à sa soeur Emma, n'éprouvant à son égard aucune jalousie. Un père parti alors qu'ils étaient encore en bas âge, c'est sa grand-mère qui pris soin de lui et occupa ainsi la plus grande place dans son coeur. Malheureusement elle le quitta alors qu'il n'avait que douze ans. Ne trouvant plus sa place dans le foyer il décida de partir en internat, essayant de fuir son Berry natal qui lui rappelait trop Aimée, au lycée à Bourges puis en fac de droit à Lyon pour finalement rejoindre l'école de police. Sa soeur habite toujours avec sa mère dans la même maison, presque deux étrangères aux yeux de Mussec, des vies tellement opposées à la sienne, le bouillonnement de la ville lui est indispensable. Les rares visites qu'il leur ait accordées l'ont toujours conforté dans son besoin d'éloignement, ils n'ont plus rien en commun, pas même leur nostalgie.

« *Tu pourrais m'appeler plus souvent, comment vas tu ?*

- Ça va et vous ?

- Oh, ta nièce se remet tout juste de la varicelle.

- Laquelle ?

- Alicia la petite, Léa l'a déjà eue, tu le sais bien. Elle l'a ramenée de l'école, presque toute sa classe y est passée. Elle a fait de la fièvre pendant une semaine, et les boutons, tu aurais vu ça, elle était défigurée la pauvre... Sinon on a de nouveaux voisins, des hollandais bien sympathiques ma fois... Et ce temps, c'est pas croyable un mois de mai pareil... »

C'est aussi pour échapper à ce genre de banalités qu'il n'appelle que rarement, il trouve ces échanges tellement inintéressants. Non pas qu'il ait une plus haute estime de lui, mais en vérité c'est l'ordinaire qu'il ne supporte pas, il exècre toute forme de futilité. Ceci explique aussi son célibat, pour le rompre il faut accepter le quotidien d'une autre personne en plus du sien, insupportable à ses yeux. Son travail lui permet d'échapper un peu à ce sentiment, même si parfois la criminalité lui semble déjà trop routinière.

« ... *Et toi tu ne te laisses pas trop dévorer par cette grande ville ? Ça fait longtemps que tu ne nous a pas rendu une petite visite, ça te ferait peut-être du bien.*

- *J'y pense mais là je suis sur une enquête importante.*

- *Le banquier empoisonné sûrement, Gilles Bouleau en a parlé dans son journal*

- *C'est ça, mais tu sais que je n'ai pas le droit d'en parler.*

Une pause s'impose avant de dévoiler le but de cette communication.

- *En fait j'appelle aussi au sujet de grand-mère, je pense beaucoup à elle en ce moment, à ce qu'elle faisait aussi... Tu vois de quoi je veux parler... Je me souviens de gens qui venaient de loin parfois pour la voir. J'en ai de vagues souvenirs...*

- *Oh tu sais tout ça c'était des balivernes, des vieilles croyances populaires. On pensait encore il y a quelques années que certaines personnes pouvaient guérir les autres avec des prières, elles appelaient cela des pansements. Les gens sont moins crédules aujourd'hui tu sais.*

- *Elle ne disait pas aussi communiquer avec l'au-delà ?*

- *C'est ce qu'elle prétendait c'est vrai, on lui parlait dans les rêves ou même dans la journée, ça lui faisait comme des visions, enfin d'après elle. Tu ne crois pas à ce genre de sottises quand même ? Quelqu'un d'intelligent comme toi...*

- Non, c'est juste que des images me sont revenues il y a quelques jours en voyant un reportage.

- On disait aussi que ce don était héréditaire, qu'elle l'aurait tenu elle-même de sa mère. Apparemment c'est fini maintenant qu'il n'y a plus personne pour y croire. »

Ils échangent ensuite encore quelques banalités pour le grand plaisir de Raoul. Puis il raccroche enfin non sans avoir promis qu'à défaut de rendre une visite prochainement il rappellera plus souvent. La conversation lui a permis de réveiller un pan de sa mémoire. Avec ses yeux d'enfant il revoit Aimée recevant des personnes souffrantes et passer quelques minutes seule avec elles, il se rappelle aussi qu'elle avait comme une prescience concernant des événements familiaux ou mondiaux. Tout cela lui paraissait banal et anodin à l'époque. Ce genre de croyances n'avaient plus leur place dans la vie de Raoul jusqu'à aujourd'hui. Enfin c'est ce qu'il croyait.

Méditatif il arrive à la grille d'entrée de sa traboule réalisant qu'il est trempé jusqu'aux os. Il monte les marches quatre à quatre et croise Fabien qui part travailler.

« *Je t'ai laissé une boite de comprimés sur la table de la cuisine…*

Voyant l'air interrogateur de son coloc :

- T'inquiète pas c'est à base de plantes, c'est un de mes collègues au bar qui prend ça pour mieux dormir, mais lui c'est pour dormir en journée évidemment. Si ça pouvait t'aider.

Pourquoi pas, après tout Raoul préfère avoir les idées claires lorsqu'il travaille, et une bonne nuit d'un sommeil de plomb lui ferait le plus grand bien:
- *À base des plantes tu dis ? Ça ne coûte rien d'essayer.* »

VIII

Jeudi 22 Mai au matin.

Mussec se faufile discrètement par la porte du bureau de Blanchard, légèrement en retard.

« *Désolé, panne de réveil.*

- *Donc,* reprend le commissaire, *la secrétaire de Distelle nous dit qu'il s'est absenté une heure avant la réception, qu'il est parti en voiture et revenu dix minutes avant le début... Il aurait même dit : « pour décompresser ». Son départ est effectivement confirmé en images sur la vidéo de surveillance à l'extérieur de la banque. Pas de rendez-vous dans son agenda ni dans son téléphone. Il faut croire que Mme Distelle n'en avait pas connaissance, elle nous en aurait parlé. En conclusion : il était je ne sais où avec je ne sais qui !* Il s'énerve et hausse le ton. *Mais, bon sang, qui est ce qui lui a fait boire ce machin, il ne s'est pas empoisonné tout seul... On avance à petits pas les petits gars* (pour Armand Blanchard Eugénie est un petit gars comme les autres) *mais on est toujours dans le brouillard... On élimine des pistes mais on n'a rien de concret. Est ce qu'on aurait des suspicions d'adultère ?*

- *Apparemment non, on nous l'a décrit comme un mari dévoué et fidèle, comme je vous l'ai déjà dit ça* sentait le bonheur à plein nez chez eux. *Mais on peut retourner fouiller de ce côté là,* propose Eugénie.

- *Ouais, vous retournez chez les Distelle, vous remuez un peu de ce côté là… Ce matin j'ai déjà eu madame deux minutes au téléphone. Elle n'a pas été très loquace, mais il y a toujours à creuser dans une famille, même chez ces gens là… Sur la pointe des pieds, compris ?*

- *Alors chef, on est sur la même longueur d'onde à présent ?* plaisante Enzinio

- *On se passera de tes commentaires, Livio ! Tiens puisque tu fais le malin tu essaieras de suivre la Mercédès de Distelle sur la video-surveillance de la ville, ça te changera des sites pornos.*

Livio reste sans voix comme pris la main dans le sac. - *Ben oui je sais tout ce qui se passe ici moi. Arthur tu l'aides !* »

Buffon lance un regard blasé à son collègue, passer à nouveau des heures devant un écran dans leur petit bureau n'est franchement pas sa tasse de thé.

—

Raoul et Eugénie retournent à l'appartement déjà visité deux jours auparavant.

« *Sans passer par la case gardienne cette fois-là, si monsieur avait une liaison extra-conjugale, ce n'est sûrement pas elle qui nous le confirmerait,* affirme l'inspecteur qui n'a aucune envie que sa collègue ne devine par quelque sous-entendu son rendez-vous de la veille.

- *Tu as raison, ce serait du temps perdu.* »

Comme pour exaucer un souhait de Raoul, la ravissante Aurore les accueille à nouveau. Ses grands yeux bleus opèrent le même charme que la première fois. Elle leur fait pourtant froidement comprendre que leur visite n'est pas opportune.

« *Nous finalisons l'organisation des obsèques qui se dérouleront demain. Nous n'aurons que peu de temps à vous consacrer, nous avons rendez-vous à la maison funéraire dans une demi-heure, leur personnel vient juste de récupérer le corps de mon père dans vos services.*

Les deux policiers saluent Johanne Distelle et reçoivent en guise de réponse :

- *Je n'ai rien à vous apprendre de plus que vous ne sachiez déjà, je vous ai tout dit. D'après mon cousin votre enquête s'enlise...* Puis dans une esquisse de sourire... *Non, il a plus exactement dit que vous pataugiez.*

- *Effectivement, nos investigations stagnent mais elles ne sont pas au point mort, il y a un vide dans l'emploi du temps de votre mari que nous devons absolument combler, c'est probablement la clé de notre enquête, n'avez vous vraiment aucune idée à ce sujet ?* demande Raoul le plus évasif possible.

- *Comme je l'ai déjà indiqué au commissaire, je ne connaissais pas l'intégralité de son emploi du temps. Si vous cherchez une part d'ombre chez Mathias vous serez déçu, il n'était pas de ces gens là,* la veuve semble un peu agacée, peut-être commence-t-elle à diminuer sa consommation de calmants. *Il lui arrivait parfois de retrouver Francis quelques soirs dans l'année. Mais cette fois là, c'est impossible mon cousin prenait l'avion avec César pour Londres. Ils avaient rendez-vous à l'Imperial College pour l'inscription en première année. Ce qui explique d'ailleurs son absence à la réception. Il est revenu prématurément dès le lendemain à cause de l'accident. D'après lui vous faites fausse route en cherchant une personne rencontrée en catimini. »*

Il n'y a vraisemblablement rien de plus à attendre de cette conversation, les inspecteurs se lancent mutuellement un regard signifiant de battre en retraite avant que la situation ne leur soit défavorable. Il leur reste juste à remercier madame de les avoir reçus. En les raccompagnant à la porte, Aurore se montre plus avenante qu'à leur arrivée. Regrettant probablement la manière dont elle les a accueillis elle dit :

« *Je crois hélas que ma mère ne pourra pas vous aider plus qu'elle ne l'a déjà fait. Et quant à moi, je n'étais pas là ce triste soir et je ne vis ici que quelques semaines par an. Ne cherchez pas une seconde vie chez mon père, vous ne trouverez rien. Je vais quand même essayer de chercher de mon côté ce qu'il a bien pu faire avant la soirée. Je ne supporterais pas que ce crime reste impuni, nous n'y survivrions pas. Pourriez-vous me laisser un numéro afin de vous joindre directement ?*

Mussec prend sa collègue de vitesse et sort furtivement une carte de sa poche qu'il tend à la jeune femme.

- *Je vais également vous donner mon numéro au cas où vous auriez besoin d'informations supplémentaires, n'hésitez pas à m'appeler.* »

Ravi, Raoul enregistre les coordonnées dans son téléphone.

Les deux inspecteurs descendent l'escalier lentement sans se dire le moindre mot, s'imaginant probablement chacun la tête de Blanchard quand il saura qu'ils rentrent bredouilles. Ils tombent nez à nez avec Mme Diaz qui, faussement occupée, attend probablement leur passage, peut-être les avait-elle vus monter.

« *Déjà de retour, j'espère que votre enquête avance comme toute monde le souhaite.*

- Oui, c'est en bonne voie, on essaie juste de combler quelques lacunes dans l'emploi du temps de M. Distelle.

- Ah oui je vois, ça doit être important j'imagine.

- Effectivement ça l'est, vous ne l'auriez pas vu revenir le soir de son décès ?

- Malheureusement la dernière fois que je l'ai aperçu c'est le matin du fameux jour, mais je vous l'ai déjà dit ça. Il m'a dit tout souriant, qu'il devait récupérer Aurore le soir même. Il était un peu déçu qu'elle ne puisse être à sa réception, elle était une grande fierté pour lui. Après il s'est dépêché de partir, comme d'habitude.

- Très bien, merci...

- Je vous en prie, répond-elle d'un air amusé, puis insistante elle ajoute : *À bientôt inspecteur.*

- Merci encore, au revoir », dit-il faussement impassible.

Alors qu'ils s'éloignent, Eugénie fait remarquer :

« C'est étrange la façon dont elle t'as parlé. Tu ne trouves pas ?
- Tu sais, je crois qu'elle est un peu barrée.
- Je crois aussi… »

IX

Même jour début d'après-midi.

    Enzinio place sur le bureau du commissaire différentes images prises sur les vidéos des caméras de surveillance de la ville. Elles retracent le parcours de la voiture de Mathias Distelle.

    « 19 heures 03 il monte dans la Merco rue de la République, on aperçoit son parcours sur ces différents clichés, il circule dans le premier arrondissement. Huit minutes plus tard il tourne à l'angle de la rue des Tables Claudiennes. Là on perd sa trace, il y a peu de caméras dans ce secteur. On le retrouve très exactement trente-sept minutes plus tard descendant la rue Lucien Sportisse, pour arriver à 19 heures 55 à la banque.

    - C'est un quartier assez populaire, qu'est ce que Distelle est allé faire là-bas ? se demande le commissaire. *En tout cas, ça vous fait une belle zone à ratisser dans la vieille ville. Bon travail Livio, tu y vas de suite avec Buffon et Mussec. Au porte à porte, à l'ancienne. Je ne veux entendre parler de vous que quand vous aurez une piste sérieuse. Toi ma petite Eugénie, tu bosses sur l'entourage de la victime cet après-midi, demain on ira aux obsèques tous les deux afin d'observer tout ce beau monde. Vous comprenez*

messieurs que vous ne serez pas conviés, c'est pas un milieu dans lequel vous sauriez passer inaperçus.

- Pas de problème pour aller explorer ce quartier, *répond Enzinio. Il y a quelques bars assez sympas. Comptez sur nous pour tous les visiter. On part de suite,* faisant signe à ces deux collègues, *allez on se bouge !*

- *On ne boit pas durant le service, tu n'as pas oublié ? Il y a aussi beaucoup d'immeubles, vous me les faites tous !* »

—

En voiture, Raoul, assis à l'arrière, écoute d'une oreille distante Arthur et Livio énumérer les bars et clubs où Mathias Distelle aurait pu se rendre. Peut-être ressent-il encore l'effet des comprimés dont il a assurément abusé la veille au soir. Il se sent vaseux et somnolent. Leur conversation lui semble de plus en plus lointaine et comme happé de l'intérieur, il sombre dans un état second. Son esprit se met à flotter paisiblement. De plus en plus distinctement, la voix de sa grand-mère lui suggère de trouver « *une clé, la clé de...* » Cette douceur s'arrête brusquement :

« *Raoul ! Hé ho, Raoul ! Réveille-toi on est arrivé, dis moi pas que tu fais la sieste.*
Complètement désorienté il bredouille :

- *Euh non-non, je crois que j'étais juste un peu absent...*

- *Ah O.K, t'appelles ça comme tu veux.* »

La voiture est stationnée au plus bas de la rue des Tables Claudiennes. Les trois hommes conviennent de procéder à une investigation méthodique en faisant un quadrillage méticuleux du quartier.

« *Toi Raoul tu pars du haut, nous on débute d'ici, moi côté pair,* décide Arthur visiblement content d'avoir enfin quitté le bureau pour enquêter véritablement. *On se retrouve vers 18 heures ici, et on se fera les petits troquets du coin, O.K. ?*

- *O.K.* » répondent les deux autres simultanément.

A présent seul, Mussec remonte la rue les mains dans les poches, toujours préoccupé, « *mais qu'est ce qui m'arrive, c'est quoi ce délire ?* ». Il n'avait jamais connu ce sentiment de perte de contrôle sur sa vie. Comme pour le ramener à des sensations plus charnelles, la douceur du vent printanier lui caresse le visage le sortant doucement de son introspection vertigineuse. La pluie qui s'abattait sur la ville depuis des jours a cessé la nuit dernière laissant place au soleil de mai, celui qui réchauffe les coeurs et les corps.

En passant au niveau de la place Chardonnet, il lit spontanément l'enseigne de l'établissement le plus proche, un club de jazz nommé « *la Clé de Voûte* ». Il continue machinalement d'avancer puis réalise :

- « *La Clé de Voûte ... la Clé ? ... c'est un truc de dingue ça !* »

Il rebrousse chemin et descend la dizaine de marche qui le sépare de la place.

- « *Club de jazz, du mercredi au samedi, ouverture à 18 heures* ».

Tournant en rond devant la porte, il essaie de mettre un peu d'ordre dans ses idées : « *C'est de la folie pure, juste pas possible... Un vrai jeu de piste...* Puis se ressaisissant : *De toutes façons il n'est que 16 heures, je repasserai… »*

Reprenant son parcours initial, Raoul repense à toutes les photos qu'il a pu observer dans l'appartement des Distelle notamment celle avec André Manoukian, musicien jazz connu et reconnu. Il hésite quelques secondes puis sort son téléphone.

« *Aurore Distelle ? Bonjour, inspecteur Mussec. Excusez-moi… J'aurais une question à vous poser au sujet de votre père.*

- Je ne vais pas pouvoir vous parler longtemps, mais allez-y je vous en prie.

- Je me demandais si le fameux soir, il serait possible que votre père soit allé dans un club de jazz ?

- Pas impossible en effet, c'était un grand mélomane, il aimait beaucoup la musique classique, le jazz aussi, il partageait cette passion avec Francis… Par contre je ne pourrais pas vous en indiquer un, il ne m'a emmenée qu'une fois ou deux lorsque j'étais petite, ce qui ne m'avait pas beaucoup amusée, c'était son petit plaisir personnel. À une époque, ils pouvaient y passer la soirée, mais ce soir là ça aurait été un peu étonnant, non ? Vous avez une piste ?

- Non pas encore, je préfère ne rien vous dire pour l'instant. Merci pour votre aide. »

Raoul a ressenti un plaisir coupable à contacter la jeune femme. De ce fait, il éprouve à la fois une certaine satisfaction et un grand désarroi. Dans moins de deux heures il pourra vérifier si on le guide dans la bonne direction. Une chose est sûre, il n'aime pas ça du tout.

A 18 heures il rejoint ses deux coéquipiers désabusés. Aucune des personnes interrogées n'a aperçu

Mathias Distelle dans les parages que ce soit le soir de sa disparition ou un autre soir. Raoul sait comment leur redonner le sourire :

« Il y a un club de jazz un peu plus haut, il ouvre à dix-huit heures, c'est moi qui paye ? »

Installés au bar, Raoul sort sa carte de policier et la photo de la victime afin de les montrer au barman, feignant le coup de la dernière chance. L'homme assez âgé, dont le badge indique le prénom Victor, est occupé à ranger des verres sur des étagères de la même matière. Il reconnaît aussitôt le banquier.

« Bien sûr, c'est Matthias, il était là la semaine dernière, je ne l'avais pas revu depuis une éternité, il était avec Francis et un jeune, le fils de Francis je crois. J'ai appris ce qui lui est arrivé, terrible ! »

En quelques questions, les inspecteurs éclaircissent enfin la zone d'ombre dans l'emploi du temps de la victime. Présent un peu avant 19 heures 30, il s'est installé au fond de la salle à une table pour être aussitôt rejoint par Francis Rasyel et son fils César. Ils ont assisté au tout début de la prestation des trois excellents musiciens new-yorkais présents ce soir-là, ont consommé trois flûtes de champagne, servies au bar par Victor lui-même. C'est le jeune César, qui a emmené le plateau sur la table, à peine ont-ils trinqué qu'ils sont repartis. Le barman les connaît de longue date, apparemment ils étaient déjà des clients fidèles à la fin des années 80 : *« De vrais amateurs de Jazz , des puristes comme il n'y en a plus ! »*

« *C'est que t'as du flair Raoul,* dit Arthur Buffon en sortant du club.

- *Ou plutôt un bol de dingue !* » rétorque Livio en sortant les clés de voiture de sa poche.

Mussec ne répond pas. Il ne mentionne pas non plus l'appel à la fille de la victime. Les yeux dans le vague il affiche une moue dubitative.

X

Vendredi 23 mai, 2 H 42

Raoul n'a pas encore trouvé le sommeil. Il se décide finalement à reprendre un comprimé, un seul cette fois. Il ressasse encore et encore les mêmes idées : entre interrogations, introspection, jubilation aussi. L'épisode du club de jazz est perturbant et excitant à la fois. La voix de sa grand-mère l'a indiscutablement conduit sur une piste, mais pourquoi ? Et pourquoi ne se manifeste-t-elle que maintenant dans sa vie ? Le visage d'Aurore lui revient aussi régulièrement à l'esprit. Pour la première fois depuis longtemps il se projetterait volontiers en compagnie de cette jeune femme. C'est sur cette agréable pensée qu'il sombre enfin dans les bras de Morphée.

A son réveil, quelques heures plus tard, Mussec émerge péniblement. N'ayant pas vécu de nouvelle expérience extraordinaire durant la nuit il se dit que finalement les comprimés de son ami ne sont pas si mauvais, bien dosés ils lui simplifient la vie.

—

11H15

A l'extérieur du cimetière de Loyasse, rue du Cardinal Gerlier, Arthur et Livio tuent le temps dans une voiture banalisée :

« *Finalement, nous ne sommes plus des indésirables aux yeux de Blanchard.*

- Avec ce qu'on a découvert hier soir, tout a changé, dit Arthur après avoir baillé. *Tu connais les consignes, on reste à l'écart, on intervient pour l'arrestation que si ça tourne mal.*

- Il faudrait pas qu'on fasse tâche au milieu ce rassemblement de notables,

- Tu as aperçu la fille Distelle, Eugénie dit qu'elle est super bien gaulée…

- Ça m'étonnerait qu'elle ait dit ça comme ça?

- Il paraît que Raoul perd tous ses moyens quand elle là.

- Raoul ? Tu déconnes ! J'étais persuadé qu'il était gay.

- Il est peut-être à voile et à vapeur ? Je sais pas. »

Dans un autre véhicule, de l'autre côté du cimetière, Raoul déprime un peu. La vue des croix monumentales qui dépassent l'enceinte lui rappelle le décès de sa grand-mère et le sentiment de vide et de solitude qu'il avait ressenti pendant plusieurs mois. Il se dit qu'il aurait probablement aimé qu'elle lui parle dès cette époque, il l'aurait sans doute accepté plus facilement. Il s'efforçait jour après jour à mettre ses pas dans ceux de la veille afin que personne ne remarque qu'il venait la pleurer quotidiennement.

Les allées sont bondées, une foule immense est réunie pour le dernier hommage à Mathias Distelle, avec parmi elle de nombreux notables. Alors que tout ce monde défile devant la tombe pour l'ultime salut, Armand Blanchard observe calmement. Loin de passer inaperçu avec sa carrure de rugbyman, il n'en reste pas moins discret. Eugènie est postée plus en retrait dans l'allée numéro 1, elle observe les tombes qui l'entourent, bon nombre d'anciennes personnalités de la ville réside ici. Elle laisse son esprit divaguer sur l'ironie de la vie. Cela lui permet d'évacuer en partie le stress qui monte en elle. L'appréhension de procéder à une arrestation dans une telle foule l'inquiète. Son supérieur lui a pourtant démontré que l'opération se déroulerait calmement, que les éventuels suspects seraient dignes et compréhensifs. Ils les suivraient sans difficultés puisque de toutes façons aux yeux de Blanchard les informations découvertes par ses collègues la veille nécessitent d'être corroborées. Le barman doit venir au poste durant l'après-midi pour faire une déposition précise du déroulement de la soirée.

Après plus d'une heure de recueillement, la foule commence enfin à se disperser, laissant la famille et les proches avec leur chagrin. Francis Rasyel qui n'a pas quitté sa cousine depuis le début de la cérémonie, s'en éloigne un peu pour parler avec son fils dans l'allée la plus proche. Le commissaire en profite pour les approcher et les saluer. En guise d'accueil, l'avocat lui lance d'un air narquois :

« *Tiens commissaire, vos inspecteurs rament-ils toujours autant ?*

- *Plus ou moins, vous savez bien qu'une affaire d'homicide peut s'avérer assez complexe à résoudre. Surtout si personne n'y met du sien... Enfin c'est bien souvent le fait de consciences peu tranquilles... Souvent parmi les proches de la victime.*

- *Qu'insinuez vous par là ?* répond l'avocat piqué au vif.

- *Et bien il s'avère que nous souhaiterions vous interroger au sujet de votre emploi du temps le soir du décès, on nous avait indiqué qu'un vol en direction de Londres vous avait fait quitter la ville de bonne heure, vous et votre fils. Mais un témoin vous aurait tous les deux vus en compagnie de Mathias Distelle plus tôt dans la soirée.*

Rasyel lève les yeux au ciel tandis que son fils commence à s'éloigner lentement faisant mine de sortir son mobile.

- *C'est une mauvaise direction que vous prenez là, nous allons tous y perdre un temps précieux. D'autant plus que nous repartons pour Londres cet après-midi pour finaliser l'inscription de César, n'est ce pas?*

Alors qu'il se retourne, son fils, déjà à plus de dix mètres, s'éloigne en courant. Blanchard râle :

- *C'est plus de mon âge ça.* Discrètement il parle dans un petit émetteur radio dans le creux de sa main : *César Rasyel essaie de se barrer, arrêtez-le sans violence, merci.*

C'est sans compter les aptitudes physiques exceptionnelles du jeune homme qui, en pleine accélération, distance rapidement Eugénie. Mal à l'aise,

Rasyel père observe la scène aux côtés du commissaire, il lance en vain un appel :

- *César, revient s'il te plaît !* S'adressant à Blanchard : *Mon fils est très perturbé en ce moment... Alors n'essayez pas de voir dans cette fuite un aveu de quoi que ce soit, il reviendra par lui-même vous voir quand il aura pesé le pour et le contre de cette situation grotesque. En attendant je pense que vos inspecteurs auront du mal à le rattraper, il a beaucoup pratiqué l'athlétisme quand il était au lycée, avec une certaine réussite au niveau académique.* »

Effectivement, après s'être facilement débarrassé d'Eugénie, il aperçoit Livio et Arthur qui l'attendent, il prend une allée perpendiculaire, et court de plus belle. Les inspecteurs vont le suivre un bon moment avant d'être lâchés l'un après l'autre par leur manque d'endurance. À une trop grande distance pour être rattrapé, ils voient le jeune athlète sortir du cimetière par l'entrée même qu'ils surveillaient. Évidemment, il n'y a plus personne dehors pour l'appréhender, le commissaire avait souhaité un effectif restreint pour éviter les vagues. Trop éloigné, Raoul n'a pu prendre part à la tentative d'arrestation, il les rejoint en courant.

« *Le petit salopard...* marmonne Blanchard en voyant ses inspecteurs revenir sans le jeune homme. Puis se retournant vers lui, il interpelle Francis Rasyel à nouveau. *Nous allons vous emmener au commissariat, souhaitez-vous la présence d'un autre avocat ?*

- *Inutile, je vais tout vous expliquer... Laissez moi juste le temps de clarifier la situation avec ma cousine.* »

La veuve et sa fille les ont rejoints. Comme toutes les autres personnes encore présentes, elles sont stupéfaites par la course poursuite qui vient de se dérouler sous leur yeux alors qu'elles se recueillaient devant la tombe de Mathias Distelle. Aurore lance un regard noir au commissaire ainsi qu'aux inspecteurs, sa mère, elle, en est bien incapable. Mussec, ayant remarqué l'attitude de la jeune femme, préfère s'éloigner et retourner discrètement vers son véhicule.

XI

Même jour, un peu plus tard, bureau du commissaire.

« *Je crois que vous avez quelques points à éclaircir, monsieur l'avocat.* Blanchard est très remonté, le fait d'avoir laissé fuir un des suspects lui est insupportable. *Il vous arrive de fréquenter les clubs de jazz, non ?*

- *Oui en effet, ça m'arrive... Et il est vrai aussi qu'avec César nous avons passé un moment avec Francis à la Clé de Voûte le soir de son décès. Nous fréquentions souvent ce club durant notre jeunesse. Nous avions toujours plaisir à nous y retrouver afin d'écouter d'excellents musiciens. On a organisé ça à la dernière minute. Puisque notre vol pour Londres de 21h30 nous empêchait d'être présents à la réception, nous avons seulement voulu trinquer avec lui, histoire de marquer le coup. Il était comme mon frère, alors je ne sais pas ce que vous avez pu vous imaginer...*

- *On ne s'imagine rien du tout. On constate !* On constate qu'une personne a été empoisonnée avec de la Digitaline diluée dans un verre d'alcool. Compte-tenu de l'heure du décès, l'ingestion se serait déroulée durant le laps de temps que vous avez passé ensemble. *Qu'avez-vous bu ce soir là ?*

- *Mon fils nous a ramené trois flûtes de Champagne du bar. Mathias n'y tenait pas, mais d'après*

César il n'y avait pas ce qu'il voulait... en prononçant ces mots, Rasyel mesure l'apparente limpidité de la situation.

- *Vous confirmez que votre fils a rapporté les flûtes depuis le bar.*
- *Oui.*
- *Dont une pour monsieur Distelle alors que ce n'est pas ce qu'il avait demandé.*
- *Oui, mais qu'avez-vous en tête commissaire ?* Visiblement agacé, l'avocat a haussé le ton. Il fait l'effort de se ressaisir avant de continuer. *Mon fils adorait Francis, pourquoi diable le soupçonner ? Imaginez-vous qu'à peine atterris, nous reprenions un vol pour Lyon suite à l'appel de Johanne au sujet de l'accident, César a pleuré durant tout le retour. Vous n'avez pas d'autres suspects ? Dans le personnel du club par exemple.*
- *Je connais mon job, ne vous inquiétez pas, on ne néglige aucune piste, mais si vous vous voulez disculper votre fils, aidez nous à le retrouver, j'ai une équipe qui fouille votre appartement en ce moment même mais il n'a pas l'air de vouloir s'y pointer.*

Eugènie, qui vient de rentrer discrètement dans le bureau, se permet d'intervenir :

- *Le téléphone de César Rasyel est coupé donc impossible à localiser.* Puis s'adressant à l'avocat. *Nous essayons de pister votre fils avec son éventuelle carte bancaire mais apparemment il n'en possèderait pas ?*
- *Non, effectivement, comme mon fils, à presque vingt-et-un ans, ne s'est pas toujours montré raisonnable, je préfère lui donner du cash régulièrement. C'est un conseil que m'avait donné*

Mathias. D'ailleurs il ne devrait pas aller bien loin je ne lui en ai pas donné depuis une semaine. »

Dans le Purgatoire :
« *Déjà de retour parmi nous,* M. Falconnois, Enzinio invite le restaurateur à s'assoir.
- *Apparement, vous ne comptez plus me lâcher…*
- *Admettez que lors d'une enquête deux pistes mènent à la même personne, il y a de quoi se poser des questions, non ?*
- *Que me reprochez-vous cette fois -ci ?*
- *Et bien tout porte à croire que votre banquier a été empoisonné dans un établissement dont vous êtes le propriétaire : la Clé de Voûte !*
- *C'est quoi cette histoire encore, il n'est pas mort là-bas que je sache .*
- *Non bien sûr, mais le mode opératoire de l'empoisonnement recoupé avec les différents témoignages des personnes présentes sur place le soir de sa mort ne nous laissent aucun doute sur le déroulement des événements.*
- *Ecoutez, puisque mon temps est précieux et que je pense que le vôtre l'est sûrement aussi, vous n'avez qu'à tout fouiller de fond en comble dans la « cave », je vous laisse libre accès à tout ce que vous voudrez, vous pouvez même éplucher les comptes si ça vous chante.*
- *Ne vous inquiétez pas , la visite est prévue pour cet après-midi !*
- *Vous ne trouverez rien, mon personnel est irréprochable dans cette boîte.*

- *Vous croyez ?*

- *Vous verrez !* Le restaurateur se lève, pose la main sur la poignée de porte, puis se tournant à nouveau vers Livio :

- *Quand on veut se débarrasser de quelqu'un, on ne procède pas comme ça. On ne fait pas ça chez soi. J'ai des amis marseillais qui vous l'expliqueraient bien mieux que moi.* »

A peine sorti le propriétaire est remplacé par le serveur Victor rencontré la veille dans le club de Jazz. Il confirme à Enzinio ses dires de la veille : il était seul au bar jusqu'à l'arrivée de son collègue vers 20 heures. Il se rappelle très bien avoir servi trois flûtes de Champagne à la demande de celui qu'il pensait être le fils Rasyel. C'est sans le moindre doute qu'il l'identifie sur la photo que vient de lui tendre l'inspecteur. Il avait d'ailleurs fait remarquer que Mathias n'avait pas pour habitude d'en consommer. « *Ce soir, c'est différent,* lui avait répondu le jeune homme, *c'est un grand soir !* ». Il a servi ensuite deux autres clients assis au bar et n'a pas observé César Rasyel rejoindre la table. D'après lui, les rares clients présents à cette heure étaient surtout attentifs à la musique du groupe américain.

« *Vous ne l'avez pas vu mettre de poison dans un verre, peut-être est-ce vous qui l'y avez mis ?*

- *Moi, j'ai versé du Champagne dans trois flûtes, c'est tout. Je veux bien vous aider mais je ne suis pas venu là pour me faire accuser. D'ailleurs comment aurais-je pu savoir quelle flûte allait prendre Mathias à moins de lui donner personnellement ?*

- *Ça c'est bien vu ! Il n'y a pas de système vidéo dans votre club ?*

- Non, aucun. Le patron n'en veut pas. Certains de ses amis viennent passer des soirées accompagnés et ne voudraient pas être aperçus sur une vidéo avec une femme aux moeurs disons... Légères. Seuls les musiciens sont autorisés à se filmer à condition que l'on aperçoive uniquement la scène.
- Dommage. Merci pour votre aide. »

—

Après avoir mobilisé tous les moyens du commissariat, les inspecteurs n'ont trouvé aucune trace du fils Rasyel dans l'agglomération lyonnaise. Sa voiture n'a pas bougé, toujours garée à proximité du cimetière. Deux policiers restés postés devant l'appartement familial, n'ont vu personne depuis la perquisition. Des visites chez les rares amis susceptibles de l'héberger n'ont rien donné.

Vers 22 heures, Raoul et Eugénie se retrouvent dans une voiture banalisée stationnée rue Cuvier, face à la voie qui mène à l'immeuble des Distelle.

« *J'ai du mal à imaginer qu'il soit assez con pour se pointer chez sa tante ce soir, tu crois pas ?* interroge Mussec.

- On peut être surpris, les agissements humains sont parfois incompréhensibles, et encore plus quand la personne se sent coincée, dit-elle sans lever les yeux de Youtube sur lequel elle vient de trouver une vidéo du quartet de jazz enregistrée live à Lyon le soir du décès de Mathias Distelle.

- En tous cas, il n'a sûrement pas la conscience tranquille le jeune homme .

- À elle seule, sa fuite ne fait pas de lui un coupable.

- Désolé de te contredire, mais il n'y a que dans les films qu'on voit des innocents pris au piège devenir des fugitifs. »

Une silhouette avec un sac en bandoulière apparait à l'arrière du véhicule au moment même ou Raoul finit sa phrase. Aurore Distelle promène le chien de sa mère. Elle voit la lumière du téléphone d'Eugénie dans l'habitacle et reconnait aussitôt les deux inspecteurs. Leur faisant signe de baisser la glace, elle leur propose, par courtoisie probablement, de rentrer leur voiture dans la cour de l'immeuble. Apparement perturbée, elle s'efforce de s'exprimer d'une manière assez neutre.

« Merci mais nous préférons rester stationnés ici, si jamais César Rasyel se présente il nous serait plus facile de l'appréhender, explique Raoul à nouveau sous le charme.

- J'espère que vous le retrouverez rapidement avant qu'il ne fasse une bêtise. Mon petit cousin est une bonne personne, mais il lui arrive d'avoir des réactions un peu extravagantes. Ma mère et moi sommes convaincues que vous faites fausse route.

- Actuellement rien ne joue en sa faveur…

- Ne vous fiez pas aux apparences. Puis en tirant sur la laisse du chien pour lui signifier qu'elle va répartir, elle ajoute :

- Si jamais César décidait de passer ici demain il trouverait porte close, ma mère souhaite que je l'emmène dans notre résidence familiale à Hostiaz. Un retour aux sources lui fera le plus grand bien. Je pense

qu'il lui faudra du temps avant qu'elle ne puisse vivre ici normalement. »

Alors que la jeune femme s'éloigne et disparait dans l'entrée de la cour d'immeuble, Mussec réfléchit à voix haute :

« *Elle est persuadée de l'innocence de son cousin, à sa place je serais plutôt inquiète après nos dernières découvertes.*

- Les réactions humaines trouvent toujours une justification, mais pas toujours rationnelle. Les souvenirs qu'ils ont partagés ne lui permettent pas d'avoir le moindre doute à son sujet. »

Les derniers mots restent suspendus quelques minutes dans leurs esprits. Eugénie rompt le silence :

« *Elle n'avait pas l'air bien en tous cas. Aujourd'hui, entre l'enterrement de son père et la fuite de son cousin, ça faisait sûrement beaucoup à encaisser.*

- C'est vrai, jusqu'à présent elle paraissait plus forte. Il n'est pas toujours facile de gérer ses émotions dans ces moments là.

- Tu peux en parler des émotions. Quand elle est là, on devine aisément les tiennes. J'ai bien cru que t'allais baver.

- N'importe quoi, tu te fais des films.

- Oui c'est ça, je me fais des films... Eugènie reprend le cours de la vidéo sur son téléphone et murmure : *J'ose même pas imaginer ceux que tu te fais avec elle.*

- Et sinon cette vidéo ça donne quoi ?

- Rien que des musiciens qui se font plaisir, juste un plan fixe tourné vers la scène. »

XII

Lundi 26 mai 2014, 3h 30.

    Plongé au coeur d'une phase de sommeil profond, le cerveau de Raoul perçoit une sonnerie. Le temps qu'il réalise qu'il s'agit de celle de son téléphone celle-ci s'est arrêtée. À tâtons, il l'atteint après quelques secondes. Les yeux mi-clos il constate que c'est Aurore qui vient d'essayer de le joindre. Les pensées fusent et commencent à s'organiser dans sa tête. Il rappelle, elle décroche aussitôt. Elle ne lui laisse pas le temps de prononcer un seul mot.

    « *Inspecteur Mussec ! Ma mère s'est suicidée !* Sa voix est méconnaissable, dénaturée par des sanglots.

    - *Vous avez appelé des secours ?*

    - *Non, je n'ai appelé que vous… C'est horrible…*

    Sous le choc, Raoul écoute ses pleurs, il ne sait quoi lui dire. Après une grande inspiration, elle poursuit :

    - *Il n'y a rien à faire je crois.*

    - *Je vais contacter le commissariat afin que l'on vous envoie une ambulance dès que possible. Il faut essayer de vous calmer en attendant. Que s'est-il passé exactement ?*

    - *Je ne sais pas trop, je crois que j'ai été droguée, je n'ai aucun souvenir de la soirée d'hier. Je me suis réveillée nauséeuse il y cinq minutes. C'est là que j'ai trouvé ma mère dans la salle de bain, les veines ouvertes dans la baignoire.* Elle sanglote à nouveau. *Inspecteur, je dois vous avouer quelque chose... Mon cousin était avec nous hier, mais je n'arrive pas à le trouver, apparemment il a disparu.*

- Par sécurité, enfermez-vous dans une pièce jusqu'à l'arrivée des premiers secours et surtout ne touchez plus à rien, je viens avec le commissaire dès que possible."

La jeune femme toujours en pleurs le remercie.

En général, lorsqu'il prend des comprimés pour passer une nuit sereine, Raoul a beaucoup de mal à émerger. Là ce n'est pas le cas, il est en état d'alerte. L'appel a fait l'effet d'un électrochoc, dissipant instantanément leur effet soporifique. Il n'ose même pas imaginer la réaction du commissaire lorsque son téléphone va le réveiller en pleine nuit.

Deux heures plus tard, Raoul est assis en compagnie de Buffon, à l'arrière d'une voiture de police. Il se remémore la phrase prononcée par la voix de sa grand-mère quelques jours auparavant. La mort de Johanne Distelle lui avait été clairement annoncée. Son désarroi s'agrandit davantage, la véracité des propos n'a pour lui rien de rassurant.

À l'avant le commissaire est assis à côté du pilote Eugénie. Elle remonte les virages en lacet qui mènent à Hostiaz tel un Sébastien Loeb enragé.

« *S'il te plait Eugénie, tu peux calmer ta conduite, parce que je crois que je vais vomir avant même d'avoir vu le cadavre*, demande Arthur très sujet au mal des transports.

- *C'est bon, tu t'en remettras, on est presque arrivé.*

- *Sacré Buffon, tu verrais comme t'es pâle. Faudra reprendre des couleurs sinon le légiste va t'embarquer pour faite ton autopsie.* Se tournant vers la conductrice Blanchard ajoute : *Lève le pied Eugénie, ça fait pas sérieux d'arriver sur une scène de crime dans cet état. La pauvre petite Distelle, elle doit assez être secouée comme ça, son père a été empoisonné, elle trouve sa mère morte, du coup la première personne qu'elle pense à appeler c'est Mussec, ça prouve à quel point elle est perturbée. »*

Blanchard plaisante, le genre de spectacle qui les attend ne l'émeut plus depuis longtemps. Raoul note que le réveil très matinal ne semble pas trop l'avoir mis de mauvaise humeur. C'est à rien n'y comprendre.

La voiture emprunte l'allée qui mène à la « maison de famille » des Distelle. Après deux kilomètres dans les bois, Eugénie se gare à la suite des nombreux véhicules de secours et de police déjà présents sur place. Un manoir à l'architecture imposante se dresse devant eux. Le périmètre est sécurisé, de nombreux policiers en uniformes gravitent, fouillant toutes les dépendances et les sous-bois les plus proches à la recherche de César Rasyel. Mussec, Grandin et Blanchard pénètrent dans le bâtiment laissant Buffon prendre une bouffée d'air pur pour se remettre en état. Ils découvrent Aurore, prostrée sur un fauteuil dans un petit salon adjacent au hall d'entrée. Elle est livide elle aussi, le regard vide. Elle ne semble même pas s'apercevoir de leur arrivée. Raoul s'y attendait, mais la retrouver dans un tel état l'attriste malgré tout.

« *Mussec, tu restes avec mademoiselle Distelle. Avec Eugénie on monte voir Constantine. Apparement il est sur place depuis un petit moment déjà.* »

Alors que la jeune femme lui murmure : « *merci d'être venu* », Raoul se place à côté d'elle ne sachant pas vraiment quelle posture adopter. Il regarde ses collègues emprunter l'escalier en pierre monumental de la demeure. Arrivés à l'étage, ces derniers sont guidés par la voix du légiste jusqu'à la salle de bain. L'équipe médico-légale termine l'examen du corps. Lorsqu'il les aperçoit, le visage émacié d'Alfred Constantine esquisse un sourire légèrement moqueur.

« *Salut les flemmards, vous avez pas eu trop de mal à vous lever ce matin ?* leur lance-t-il. *Ça fait tôt pour un lundi, non ?*

- *Salut toubib, t'as rien de plus sérieux à nous dire ?*

- *Tu veux sauter les préliminaires ? OK ! Donc, apparement on a affaire à un suicide plutôt conventionnel. Une lame tranchante posée sur le rebord de la baignoire en guise d'ustensile et des veines ouvertes juste comme il faut.*

- *C'est à dire ?* demande Eugénie avide de ce genre de détails.

- *Tu vois ma grande, pour bien réussir cette opération, il faut s'entailler au bon endroit : sur l'artère, mais aussi très profondément pour que ça coule le plus vite possible. Sinon, ça dure des plombes, tu te vois mourir et du coup à la fin tu sais même plus pourquoi t'avais fait ça.*

- *Forcément , elle devait avoir de bonnes notions d'anatomie.*

- Evidemment, surenchéri le commissaire, *mais faut pas oublier qu'en tant que pharmacienne, elle aurait pu se suicider avec des médocs.* Puis désignant du doigt un des poignets : *Sans s'infliger une telle souffrance physique. Parce que des entailles pareilles il faut se les faire.*

- *Du coup, elle s'était peut-être fait un petit shoot pour supporter,* en déduit Eugénie.

- *Moi je crois que ton petit shoot, on lui a fait. Et son neveu en serait bien capable, on le soupçonne déjà d'un empoisonnement et la petite Aurore a affirmé à Raoul qu'elle avait été droguée. Tu saurais où en trouver des traces toi, toubib ?*

- *On va essayer, ce sera pas évident puisqu'il n'y a presque plus de sang dans son corps. Sinon ce seront les urines qui parleront. Mais tu vas vite en besogne commissaire, pour l'instant on constate juste un suicide réussi. Et c'est pas si courant, tu sais combien de personnes ratent leur suicide, par an ?*

- *On s'en fout, fais ton boulot, je veux tes conclusions par écrit demain matin au plus tard sur mon bureau.*

- *Finalement, quelque soit le contexte t'es pas plus aimable le lundi matin...*

Le commissaire sort de la pièce ne prêtant aucune importance aux derniers propos du légiste.

- *... Que les autres jours de la semaine* », complète Eugénie.

Au rez-de-chaussée, Mussec tente posément d'établir le dialogue avec Aurore Distelle. Elle semble dans l'incapacité de communiquer normalement. Juste capable de balbutier des oui et des non en guise de réponses. Le commissaire tout juste descendu assiste à cet échange.

« Vous m'avez dit cette nuit au téléphone que votre cousin César était présent hier .
- Oui.
- Était-il présent depuis votre arrivée ?
- Non.
- Était-il arrivé avec vous ?
- Non.
- Il serait arrivé quand ?
- Peu après nous.
- Y avait-il d'autres personnes présentes ?
- Non.
- Savez-vous où il se trouve actuellement ?
- Non.
- Vous m'avez dit qu'à votre réveil vous vous êtes sentie comme droguée, pensez vous que votre cousin aurait pu vous faire ça ? »

La jeune femme reste muette, les yeux dans le vague.

Un policier en uniforme vient rapporter au commissaire le résultat des investigations sur la propriété. À part quelques détails, peu d'éléments attestent de la venue de César Rasyel : un lit défait dans une chambre, de la vaisselle pour trois dans l'évier. Il s'est à nouveau volatilisé.

« Pas la peine de perdre votre temps avec des relevés d'empreintes, il est sûrement déjà venu ici des dizaines de fois. »

Eugénie rejoint le groupe en lisant l'écran de son mobile.

- J'ai envoyé un message à Flavel. Il vient juste de me répondre. Le téléphone du fugitif a été activé quelques minutes par la borne de secteur samedi en début d'après-midi.

Le commissaire est exaspéré :

« C'est pas possible ça ! Son téléphone utilisé ici samedi et on s'en aperçoit que maintenant, personne ne bosse chez nous le week-end ? Le mec peut utiliser son téléphone tranquillement jusqu'au lundi matin, c'est dingue ça ! C'est la deuxième fois qu'il nous glisse entre les pattes celui-là et ça commence sérieusement à m'agacer. Aurore, avez-vous une idée de comment il a pu arriver ici ?

- Oui, en covoiturage. Elle semble à présent un peu plus disposée à s'exprimer.

- Vous n'aviez pas non plus surveillé son activité sur le net ? lance Blanchard à ses inspecteurs réunis à nouveau tous les trois à ses côtés.

- Il n'avait aucun compte sur les sites de covoiturage. Sous sa propre identité en tous cas, il a très facilement pu s'en créer un sous un faux nom et payer avec les cartes ou le compte Paypal d'un tiers. »

Raoul n'a pas apprécié la manière musclée dont le commissaire s'est adressé à la jeune femme et reprend le fil du questionnement plus calmement :

« Comment s'est -il comporté, paraissait -il menaçant ?

- Non pas du tout. Il était complètement perdu quand il est arrivé, il se doutait que l'on viendrait ici. Il s'est mis à pleurer en voyant ma mère, elle l'as pris dans ses bras alors qu'il jurait ne pas être responsable de la mort de mon père. Elle lui a dit qu'elle le savait, qu'elle n'appellerait pas la police et qu'il pouvait rester tant qu'il voudrait.
  - Comment serait-il reparti à votre avis ?
  - Je n'en ai aucune idée, je ne l'ai pas vu partir, tout est trop flou dans ma tête. Il a peut-être pris notre voiture ?
  - Non elle est là, garée dans la grange, dit le policier en uniforme.
  - Il aurait pris la vieille deux-chevaux de notre grand-mère ? C'est elle qui devrait se trouver dans la grange. Depuis qu'il en a hérité, Francis la garde précieusement pour ne l'utiliser qu'en été. César a l'habitude de la conduire depuis qu'il est adolescent. »

Effectivement, la vieille automobile a disparu. Celle de Johanne Distelle a malicieusement été garée à sa place, les traces de pneus conduisant à ce bâtiment ne pouvant éveiller aucun soupçon à première vue. Blanchard fait lancer aussitôt une alerte concernant la vieille voiture avec une description détaillée que leur fait Aurore. Après cela les enquêteurs laisse la jeune femme en tête à tête avec une psychologue tout juste arrivée. Grandin, Buffon et Mussec en profitent pour faire un tour minutieux des dépendances. La plus éloignée d'entre elles, la grange, est située un peu à l'écart en lisière du bois. Elle est très imposante avec ses portes battantes en bois colossales. Eugènie est impressionnée et séduite par la propriété, elle aime ce genre de bâtisses qui possèdent une histoire. Après avoir fait le tour du dernier bâtiment, elle s'approche de fleurs en forme de clochettes qui poussent à proximité, Arthur la rejoint.

« *Elles sont sympas ces fleurs, j'en cueillerais bien quelques-unes pour ma femme avant de partir.*
- *Non mais tu te crois où là ? À Jardiland ?*
- *Tu parles, c'est pas trois fleurs en moins qui...*

Raoul intervient brusquement les faisant sursauter :
- *Surtout n'y touchez pas !*
- *C'est bon, du calme. Je vais les laisser les fleurs de ta copine.*
- *C'est de la digitale pourpre, c'est très toxique. C'est cette plante qui contient de la digitaline, ce qui a tué Mathias Distelle. Vous ne vous souvenez pas des photos que j'avais trouvées sur le web ?*

L'inspectrice le regarde d'un air ahuri :
- *Et tu crois que ce serait une coïncidence ?*
- *Je sais pas, mais il est probable que le poison même qui a tué Mathias Distelle provienne de ces plantes.* »

De retour dans le manoir, Raoul montre au commissaire une photo des fleurs prise avec son téléphone. À lui pas besoin de lui dire de quoi il s'agit. Aurore, assise à proximité, écoute la conversation. Elle se lève afin de regarder l'image.

« *Il y en a plein par ici. Ma grand-mère les appelait des Gants-de-notre-dame. Elle nous interdisait toujours de nous en approcher quand on était petit. Mon cousin s'était fait vraiment gronder une fois, en jouant au ballon il était tombé dedans. Elle était furieuse, elle* l'avait lavé au jet dehors au milieu de la cour. Après il les évitait comme la peste, les fleurs et ma grand-mère. L'évocation de ce souvenir semble redonner un peu de vie au visage de la jeune femme.

- *César Rasyel connaissait évidemment la toxicité de cette plante,* dit Blanchard à ses inspecteurs, puis s'adressant directement à Aurore : *Vous n'aviez pas fait de rapprochement entre le décès de votre père, les soupçons à l'égard de votre cousin et la présence cette fleur dans ce jardin ?*

- *Où voulez-vous en venir commissaire ? C'est de la pure folie, quel rapprochement vouliez-vous que l'on fasse ?* La colère monte visiblement en elle. *Votre question est absurde, il nous était déjà insupportable d'accepter que d'une part on ait empoisonné mon père et que d'autre part vous soupçonniez Cesar alors pourquoi serions nous aller imaginer un truc pareil ? »* lance-t-elle violemment avant d'éclater en sanglots. Elle monte alors rapidement les escaliers pour aller s'isoler dans une chambre.

Les trois inspecteurs regardent le commissaire, unanimement perplexes. Parfois il leur reproche leur manque de tact, mais ce matin c'est lui qui ne fait pas dans la dentelle. Arthur Buffon s'imagine déjà rapporter la conversation à Enzinio. Blanchard affiche une moue dubitative.

« *Bon appparement, elle a un peu de mal à admettre ce qui est évident. Je peux comprendre, c'est dû à la peine sans doute.* Il marque une pause laissant ses interlocuteurs suspendus à ses lèvres, puis conclut : *Je crois qu'il est temps de rentrer à Lyon, nous n'avons plus rien à voir ici.* S'adressant à Raoul : *A part toi mon petit Mussec, comme mademoiselle Distelle a l'air de t'apprécier, en tout cas plus que moi, tu vas rester lui expliquer que je la mets sous surveillance jusqu'à ce que son cousin soit débusqué même si je pense qu'il n'essaiera pas de s'en prendre à elle. Il l'aurait sûrement déjà fait. Si elle décide de rentrer en ville tu l'escortes et tu fais fouiller l'appartement avant qu'elle s'y installe, enfin si elle nous l'autorise. Pour infos, Francis Rasyel a été hospitalisé, il a eu du mal à encaisser la nouvelle. Rien de grave, il a fait un petit malaise. »*

—

20h30

    Raoul rentre enfin chez lui, complètement éreinté. Fabien est déjà parti travailler. Dommage, il lui aurait volontiers raconté sa journée, un peu de recul et d'humour lui aurait fait le plus grand bien. Il sort un reste de pâtes carbonara du frigo, pas très appétissant mais cela suffira pour diner. Après une minute trente à fixer le micro-onde, il s'assoit sur un tabouret et commence à manger machinalement. Il se remémore les deux heures passées à l'arrière de la voiture de police aux côté d'Aurore. Malgré la situation délicate, il ne lui a pas déplu d'avoir passé un long moment en sa compagnie. En sa présence, il arrive presque totalement à faire abstraction du trouble lié aux propos de sa grand-mère. Restée silencieuse une bonne partie du trajet, elle s'est détendue à l'approche de Lyon en évoquant des souvenirs d'une enfance partagée avec son cousin César. Malgré leur différence d'âge, Aurore étant son aînée d'un peu plus de quatre ans, ils étaient tous les deux très proches comme leurs parents l'avaient été avant eux. Elle avoue s'être beaucoup occupée de lui après le décès de sa mère. Il lui est ainsi impossible d'accepter la réalité des faits. Elle concède cependant avoir remarqué un changement de comportement durant les deux dernières années et évoque même l'anniversaire des dix-huit ans de son cousin comme un tournant dans leur relation. Un appel sur le téléphone de Raoul a brusquement mis fin à ce monologue. Le commissaire l'appelait pour les informer des premiers résultats d'analyse : Aurore et sa mère ont bien été droguées. Du GHB, appelé aussi *drogue du violeur,* a été mis en évidence dans leurs prélèvements. Les pensées de Raoul se mettent à divaguer, il s'imagine d'atroces sévisses que César Rasyel aurait pu faire subir à la jeune femme. Il ressent finalement un sentiment coupable de soulagement à l'idée que Johanne Distelle en ait été l'unique victime. La fatigue se veut de plus en plus écrasante. Après un passage à la douche, la douceur de la couette le fait sombrer aussitôt dans un sommeil de plomb.

XIII

Mardi 27 mai 2014, 6h15.
 « *Protège toi Raoul... Et fais bien attention à cette fille...* »
 Aimée est de retour dans l'esprit de son petit-fils. Celui-ci décide de ne pas s'attarder sur cet avertissement et regrette juste de ne pas avoir pris de comprimé la veille. Il se lève rapidement afin de passer à autre chose, enfin c'est ce qu'il espère. Dans le salon il découvre Fabien visionnant un épisode de la dernière saison de *Six Feet Under* en dvd.
 « *Déjà rentré ?* Son ami lève les yeux vers lui. *Tu ne vas pas te coucher ?*
 - *C'est que toi tu vas toujours te coucher quand tu rentres du boulot ?*
 - *Après une journée comme hier, c'était quasiment ça...*
 - *Tu me racontes ?* »
 Mussec connaît l'engouement de Fabien pour ses enquêtes. Il s'installe à côté de lui et commence le récit des événements de la veille. Ces propos s'étalent moins sur l'enquête que sur son rapport à Aurore. Il lui dévoile les sentiments ambivalents qui le traversent lorsqu'il est en sa présence. Il la décrit comme une personne fragile, d'une beauté rare même dans le chagrin. Il aimerait la consoler ne serait-ce qu'en lui tenant la main, mais en

tant qu'officier de police il se doit d'être intègre et d'agir professionnellement, il ne doit rien laisser transparaître notamment lorsqu'il doit l'interroger. Son coloc l'arrête :

« *N'essaie de me faire croire que tu as juste envie de lui prendre la main !*

- Et pourquoi pas ?

- Parce que je sais ce que c'est d'avoir envie de quelqu'un. Tu lui as demandé pourquoi c'est toi qu'elle a appelé en premier ?

Raoul se lève pour se préparer un café et répond d'un petit « *non* » en tournant le dos à son interlocuteur.

- Non ?

- Et bien non, je préfère me faire des films plutôt que de savoir que mon numéro est le premier qui lui soit tombé sous la main.

Fabien se lève pour éteindre l'écran et prend la direction de sa chambre. Alors qu'il passe la porte, il se retourne et demande :

- Il t'en reste de ces comprimés que je t'ai donnés pour échapper à tes soit-disantes « insomnies » ?

- Oui, bien sûr. J'ai même pas eu le temps d'en prendre un hier soir que je dormais déjà.

- Et finalement tu as quand même bien dormi. Tu sais, je ne te les ai donnés que pour leur effet placebo, il n'y a que des plantes relaxantes là-dedans.

- Peut-être mais c'est efficace, lorsque j'en prends je dors profondément et je n'ai aucune hallucination.

- Donc, si je te suis bien... Tu en as eu une cette nuit !

Raoul est un peu gêné, il se serait bien passé d'en parler ce matin.

- Oui ce matin, mais je préfère ne pas y prêter attention. Comme je ne sais toujours pas quoi en penser…

- Tu plaisantes j'espère, je crois que tu sais très bien quoi en penser mais que tu ne veux pas l'admettre. Tu ne regardes pas la vérité en face, c'est tout ! Après ce que t'as révélé la gardienne un peu fêlée et ton histoire de «Clé de Voute»… Il s'arrête comme s'il venait d'avoir une révélation et reprend aussitôt avec encore plus de véhémence, pointant Raoul du doigt. *D'ailleurs la mort de la mère, tu ne t'y attendais pas un peu ?* Son agacement monte encore d'un cran lorsqu'il voit son ami hausser les épaules. *Je veux bien croire que lorsque on en a parlé dimanche tu pouvais encore te poser des questions. Mais maintenant je crois que c'est limpide. Tu espérais sûrement ne pas me croiser ce matin pour ne pas aborder le sujet ? Et…*

Raoul l'interrompt :

- *Tu me parlais de santé mentale et de surmenage quand j'ai commencé à t'en parler, tu ne prenais pas du tout ça au sérieux, non ?*

- *Tu me connais, la plaisanterie est ma diversion préférée. Maintenant tu dois faire un travail sur ta petite personne et accepter qu'il ne s'agit pas d'hallucinations. Tu dois admettre que ta grand-mère communique réellement avec toi depuis l'au-delà.*

- *D'un côté, cela confirmerait que je ne suis pas complètement dingue.*

- *Tu vois que tu peux te faire à cette idée.*

Un ange passe, la pression retombe aussi vite qu'elle est montée. Fabien observe Raoul penché sur sa tasse de café. Il finit par demander avec une certaine insistance dans la voix :

- *Alors ? Qu'est ce qu'elle t'a dit ce matin ?*

Face à cette curiosité pressante, Raoul décide aussitôt d'obtempérer.

- *Et bien elle m'a dit de me protéger et de bien faire attention à Aurore.*

Fabien fronce les sourcils.

- *Te protéger, o.k. je comprends. Mais faire attention à Aurore c'est à double sens, non ? Il faut l'aider ou s'en méfier ? C'est pas clair.* Il abandonne son air sceptique pour conclure dans un sourire :

- *En tous cas, il y a mamie qui s'inquiète pour son petit Raoul là-haut.* »

Il quitte la pièce en baillant fortement, abandonnant son ami sur cette remarque espiègle.

—

9H15.

Debout devant la machine à café du commissariat, Livio Enzinio et Arthur Buffon se marrent en évoquant leur début de semaine.

« *Rasyel hier, tu l'aurais vu, il faisait moins le malin. A ramasser à la petite cuillère le pauvre vieux, il était bien moins arrogant que d'habitude.*

- *Blanchard était pas mal non plus. Il a reproché à la petite Distelle de ne pas avoir fait le rapprochement entre l'empoisonnement du père, le cousin et les fleurs de digitale dans le jardin. Elle a craqué et s'est mise à l'engueuler, il était tout penaud...*

La porte jusque-là entrebâillée, s'ouvre soudainement.

- *Tu rigolais moins quand t'es descendu de voiture hier matin, Arthur !* lance Eugénie en les rejoignant. Ils restent interdits comme deux voleurs pris la main dans le sac. Elle reprend :

- *Bon les deux là, au lieu de vous moquer du monde comme vous savez si bien le faire. Bougez-vous un peu ! Le chef nous attend dans son bureau.* »

Elle ressort aussitôt, les deux hommes lui emboîtent le pas, non sans broncher. Livio marmonne dans sa barbe, il a horreur d'être commandé et encore moins par une femme. Il n'a jamais apprécié cette présence féminine dans l'équipe. Lorsqu'ils arrivent dans le bureau d'Armand Blanchard, ils aperçoivent Mussec qui parcourt des yeux un document, assis dans un coin. Il s'agit du rapport du médecin légiste. Chacun en prend une copie sur le bureau. Le commissaire ne peut s'empêcher de vanter la logique de son raisonnement de la veille.

« *Je vous l'avais bien dit qu'une pharmacienne ne se serait pas suicidée comme ça. C'était évident. Prenez-en de la graine si vous espérez me remplacer un jour !* Il lance son dossier nonchalamment sur son bureau. *Avec la présence du fils Rasyel dans les parages c'était évident qu'il y avait un loup.*

- Quelle perspicacité ! C'est bluffant ! Enzinio n'hésite pas à se moquer ouvertement de son supérieur.

- Il faut toujours que tu la ramènes toi ! Dis nous plutôt comment vas Rasyel père ce matin.

- C'est pas la grande forme mais il sortira de l'hôpital tout à l'heure. Il n'était pas beau à voir hier *matin quand je lui ai annoncé le décès de sa cousine. Les nouveaux soupçons à l'encontre de son gamin ne vont rien arranger.*

- Tu lui as dit de passer nous voir ?

- Je ne lui ai pas laissé le choix.

- Bon, très bien, revenons à nos moutons. Il reprend le rapport dans ses mains.

- Comme Constantine me l'a confirmé hier, elle a été droguée au GHB. Le taux présent dans ses urines ne permet pas de savoir s'il elle était encore légèrement consciente lorsque ses veines ont été tranchées. Soit on l'a poussé à le faire, soit on lui a fait... Difficile de savoir. Ce qui est sûr : elle ne l'a pas fait de son plein gré.

- Ah tiens ! Toujours occupé par la lecture du rapport Raoul vient de réagir à haute voix. Tous les yeux se braquent sur sa personne.

- Qu'est ce qu'il y a Mussec ? demande le commissaire.

- Une ancienne cicatrice abdominale atteste d'une hystérectomie subie pendant ses jeunes années. Johanne Distelle n'a jamais pu avoir d'enfant.

- Aurore ne serait pas sa fille ? Eugénie semble stupéfaite.

- Sa fille naturelle, reprend Buffon de sa voix fluette. *Ça n'enlève rien à sa peine et ça ne change rien pour l'enquête, non ?*

- Apparemment non, confirme Blanchard. *D'ailleurs la fille aussi a été droguée au GHB. Il a fait quoi comme étude déjà le fils Rasyel, j'imagine que c'est pas un littéraire, parce que Digitaline, GHB...*

- *Il vient de passer deux années en classe prépa BCPST, biolo chimie physique et sciences de la terre,* répond Grandin. *Comme vous le savez, suite à cela il devait partir étudier à Londres.*
- *Il n'y a pas de cours d'emprisonnement dans son cursus ?* plaisante Livio.
- *Option « meurtre d'un proche »,* surenchérit Arthur.
- *Vous savez que vous êtes lourds les deux comiques ?* Le commissaire décide de ne plus s'adresser qu'à son inspectrice. *Avait-il des amis proches dans cette classe prépa, des complices éventuels ?*
- *Non aucun, j'étais passée dans son bahut samedi midi à la sortie des cours, apparemment il ne parlait qu'à très peu de personnes. Avec Arthur nous y sommes retournés hier en fin d'après-midi pour questionner ses professeurs. Mêmes discours : élève discret et solitaire. J'ai également contacté certains de ses anciens copains de lycée trouvés sur les réseaux sociaux. Il ne les côtoyait plus, ils disent qu'il avait beaucoup changé. C'est fréquent quand on suit ce genre de cursus, les liens sociaux et familiaux sont souvent mis de côté.*

Mussec ne participe plus à la conversation, il écoute les yeux dans le vague et repense encore à Aurore et à ses propos de la veille.

- *Raoul, t'es avec nous ?* lui demande le commissaire légèrement agacé. *La petite n'a rien dit au sujet de son cousin ?*
- *En revenant d'Hostiaz hier, elle s'est un peu détendue...*

- *Oh le petit veinard, moi aussi j'aurais bien fait le retour avec elle, surtout si elle était détendue,* le coupe Livio.

- *Si t'as que ça à dire, Enzinio,* dit tout calmement Armand Blanchard avant de reprendre fortissimo : *il faudrait peut-être envisager de la fermer !* Puis à nouveau piano : *Continue Raoul s'il te plaît.*

- Et bien, elle aussi a constaté un changement dans le comportement de César Rasyel durant les deux dernières années. Elle a évoqué l'anniversaire des dix-huit de son cousin comme un tournant. Mais elle est restée assez vague sur ce sujet.

- Il faudra évoquer ce point avec le père Rasyel quand il sera là. Il pourra peut-être nous éclairer là-dessus. »

—

11H20.

La tête entre les mains, les coudes appuyés sur la table Francis Rasyel est assis dans le purgatoire. Le fait que l'un des néons clignote à intervalle régulier ne paraît pas le déranger. Il semble ignorer la présence même des deux inspecteurs installés juste en face de lui. Raoul et Eugénie ont eu pour consigne de ne pas le brusquer. Après avoir évoqué succinctement les conclusions du médecin légiste et les nouveaux soupçons qui s'accumulent sur la tête de son fils, ils attendent patiemment. Au bout de quelques minutes de silence, les questions commencent à tomber mais l'avocat ne daigne pas y répondre, comme s'il ne les entendait pas. Il reste muet encore un long moment avant de relever la tête et d'entamer un monologue monocorde, le regard dans le vide. Il s'exprime telle une statue à qui l'on aurait donné la parole, sans affect, pas un mot plus haut que l'autre, il est possible que l'effet magique des anxiolytiques soit responsable de ce comportement.

« *Vendredi dernier, après m'être débarrassé de vous, j'ai rejoint mon fils. Je savais où le trouver à moins que ce ne soit lui qui savait que je viendrai à lui. Nous n'avons pour ainsi dire pas parlé, il semblait en état de choc. Il m'a juste dit qu'il savait où aller. Il était sensé y rester le temps que j'accumule assez d'éléments pour préparer sa défense. Je ne sais par quels moyens il s'est rendu à la maison d'Hostiaz, il m'a envoyé un SMS samedi après-midi pour m'indiquer qu'il s'y trouvait avec Johanne et Aurore. J'ai essayé de l'appeler mais il avait déjà coupé son téléphone sûrement pour ne pas être retrouvé par vos services. J'ai appelé Aurore, elle m'a confirmé sa présence et m'a avoué être inquiète quant à l'état psychologique de César, tellement cette histoire semblait l'avoir sacrément abattu.* Tout en continuant de parler il leur montre le message de son fils sur l'écran de son mobile. *Je n'ai pas passé un week-end serein. Lorsqu'hier matin, votre collègue est venu m'annoncer les événements tragiques de la nuit de dimanche, le sol s'est dérobé sous mes pieds.*

Il s'interrompt afin de maîtriser les émotions qui le submergent, puis reprend sur le même ton.

- *Avec ce que vous venez de me dire, j'avoue que je ne sais plus à quel saint me vouer. On dit qu'on ne connaît jamais véritablement ses enfants... Mais de là à s'imaginer le pire. Mon fils, je l'ai élevé seul depuis le décès de mon épouse alors qu'il n'avait que sept ans.*

J'en aurais donc fait un monstre capable de tuer notre plus proche famille ? Je ne peux pas le croire. Ce n'est pas possible.

Il remet la tête entre ses mains et répètent plusieurs fois :

- Ce n'est pas possible !

Il marque à nouveau une pause de quelques secondes.

« Après être sorti de l'hôpital ce matin, je suis venu directement ici. Je ne sais pas où il est, ni comment le retrouver... Vous avez évoqué un changement de comportement à ses dix-huit ans... Je ne sais pas... Il est vrai que nous sommes moins proche que nous avions pu l'être par le passé mais on change tous à cet âge là, non ? ... À moins que cela ait un lien avec la lettre ? »

- De quelle lettre parlez-vous ?

- Peu de temps avant de nous quitter, mon épouse Elisabeth, avait rédigé une lettre pour César. J'avais pour consigne de ne la lui donner qu'à sa majorité. Je l'ai conservée précieusement dans mon coffre. Je n'ai jamais ouvert l'enveloppe. Je sais qu'il s'agissait d'une lettre dactylographiée qu'elle avait dictée à une infirmière qui s'occupait d'elle durant les dernières jours de son combat contre la maladie. Son cancer l'avait trop affaiblie pour qu'elle puisse l'écrire elle-même. Je crois cependant qu'elle l'avait signée de sa main. Je lui ai remis comme promis le jour de son dix-huitième anniversaire. Il a passé plusieurs heures enfermé à la lire et à la relire, mais il ne m'en a jamais divulgué le moindre mot. Je pense qu'émotionnellement, quelqu'en soit le contenu, sa lecture ne doit pas être facile. Depuis je crois qu'il la garde en permanence sur lui. Ma femme était une femme très douce et bienveillante, elle aimait beaucoup Mathias et Johanne, alors je ne peux pas croire que le contenu de cette lettre ait pu pousser mon fils à commettre de telles atrocités. »

Les deux inspecteurs le remercient et lui demandent de rester à disposition.

« Si vous ne me trouvez pas chez moi, je serais avec Aurore pour l'aider à prendre en charge toutes ces choses qu'elle n'aurait pas dû subir si jeune. »

Eugénie se permet une dernière remarque.

- Vous saviez qu'Aurore n'est pas la fille de Johanne Distelle ?

- Évidemment ! Ma cousine avait souffert d'un fibrome alors qu'elle n'avait pas vingt ans. Elle a subi une opération qui l'a définitivement privée d'enfanter. Avec Mathias, ils ont fait le choix d'adopter. Aurore a été recueillie dans un orphelinat de Budapest alors qu'elle n'était qu'un tout petit bébé, ils ne lui ont jamais rien caché. Elle n'a connu qu'eux, et je peux vous dire qu'ils lui ont offert une vie de rêve. Il faut avouer que malgré cela, durant son enfance, c'était une petite fille taciturne, le visage souvent un peu triste. Et quand une fois adolescente, elle a décidé de retourner là-bas pour étudier, ils l'ont librement laissé faire. C'est finalement ce qui l'a épanouie et fait d'elle la jeune femme agréable que l'on connaît aujourd'hui. Elle leur en a toujours été reconnaissante, je n'ose même pas imaginer dans quel état elle doit être ce matin. Johanne et elle étaient tellement proches. »

—

En retournant à leur bureau commun, Eugénie fantasme au sujet du destin d'Aurore Distelle. Elle évoque la chance pour une orpheline hongroise d'être adoptée par un jeune couple de bonne famille française et qui finalement se retrouve à hériter de tout leur patrimoine à l'âge de vingt-cinq ans.

« *En définitive, c'est à elle que profite le crime.*

- *C'est moche ce que tu dis là,* répond Raoul. *Je trouvais qu'il y avait une ressemblance évidente entre la mère et la fille, c'est bizarre non ?*

- *Ressemblance par mimétisme, c'est courant.* »

La journée continue pour les quatre inspecteurs dans leur espace de travail contigu. Les recherches concernant la deux-chevaux ne donnent rien, comme il n'y aucune video-surveillance à proximité de la résidence d'Hostiaz elle s'est volatilisée avec son conducteur. César Rasyel ne se manifeste pas dans les réseaux sociaux et n'utilise pas son téléphone. De toute évidence, il s'en est procuré un autre. Les leçons données par son père pour ne pas être retrouvé ont apparemment été bien retenues. Pas de passage au domicile des Rasyel ni à celui des Distelle. Depuis le retour d'Aurore, celui-ci est à nouveau sous surveillance 24 heures sur 24.

XIV

Mercredi 28 mai 2014, vers 18h00.

    Au 85 rue Cuvier, Aurore sort de l'ascenseur et se dirige vers l'appartement de ses parents, elle est accompagnée de Francis Rasyel. Leurs mines défaites, leurs yeux rouges et la lenteur de leur démarche attestent de leur accablement. Ils reviennent de la chambre funéraire où a été installé le corps de Johanne Distelle deux heures auparavant. Il leur est insupportable d'avoir à préparer de nouvelles obsèques si peu de temps après celles de Mathias. Arrivés devant la porte, l'avocat demande avec insistance :

    « *Tu es sûr que tu ne veux pas que je reste ne serait-ce que pour te préparer à dîner ?*

    - Non je te remercie mais je préfère rester seule ce soir. Elle soupire. *Enfin, seule avec Faust. D'ailleurs il faut que j'aille le promener, il doit s'impatienter. Lui aussi est complètement perdu depuis la mort de maman.*

    - Comme tu veux, je repasserai demain matin te chercher comme convenu. »

    Elle passe la porte et trouve effectivement le petit chien impatient d'aller se promener. Elle n'a pas très envie de ressortir car elle sait que chaque personne du voisinage qu'elle va rencontrer se sentira obligé de prendre un air apitoyé en l'apercevant. Quand il ne s'agit pas de curieux qui essaient de connaître précisément les circonstances du décès. Sa mère était une personnalité reconnue du quartier, les « *pauvre madame Distelle* » ne sont pas près de cesser. Mais la personne dont Aurore redoute le plus la rencontre n'est autre que la gardienne, elle se méfie beaucoup d'elle et de ce qu'elle est capable de raconter. De toutes façons, elle sait bien qu'il faut sortir et faire front, la vie continue pour Faust. Une fois dans la rue, comme à chaque fois qu'elle s'absente, elle passe prévenir les deux officiers qui surveillent l'accès de l'immeuble. Puis elle s'éloigne en direction des bords du Rhône, précédée par le Jack Russel en laisse.

« Je venais pour te dire Adieu de vive voix, mais je n'en ai pas eu le courage. Après t'avoir attendue toute la journée, je t'ai vue passer à quelques mètres mais c'est au-dessus de mes forces de t'approcher après ce que j'ai fait. Adieu Aurore. »

Au retour de la promenade, Aurore lit ce message affiché sur l'écran de son téléphone qu'elle avait laissé posé sur une commode dans l'entrée de l'appartement. Ne prenant même pas le temps de détacher le chien elle descend les escaliers en courant pour apporter le mobile aux deux policiers en poste. Aussitôt le commissariat en est informé et c'est le branle-bas de combat. Le commissaire Blanchard est au taquet, il mobilise toutes les ressources disponibles et appelle ses confrères pour avoir du renfort. Raoul, dont il sait qu'il est le seul à avoir le numéro du mobile de la jeune femme en mémoire dans son portable, est sommé de la rappeler sur le champ pour lui demander précisément l'itinéraire qu'elle a suivi lors de cette sortie.

« Il s'agit du trajet que faisait ma mère quotidiennement avec Faust : rue Cuvier jusqu'au bord du Rhône, puis le long des quais vers la rue de Sèze que j'ai empruntée jusqu'à la rue Vendôme puis à nouveau rue Cuvier. »

Le commissaire prévient ses hommes : *« Cette fois-ci il ne doit pas nous échapper ! »* Alors qu'il mobilise tous les moyens disponibles, le pôle scientifique prend contact pour confirmer que le téléphone de César Rasyel a bien été activé quelques secondes près d'une borne relais du quartier. Il a été allumé il y a un peu plus d'un quart d'heure, juste le temps d'envoyer le message. Mais cela ne permet pas de réduire la zone de recherche. Un large périmètre est créé tout autour du parcours de la promenade du Jack Russel. Toutes les équipes vont ratisser le secteur dans le but de retrouver enfin le fugitif. Des voitures de polices bloquent l'accès de chacune des rues et des deux ponts, tous les véhicules qui sortent de cette zone sont obligatoirement fouillés. La chasse à l'homme se veut méthodique, tous les policiers possèdent une photo du fugitif qu'ils présentent à chaque personne rencontrée. Le quatuor d'inspecteurs chargés de l'enquête passe d'abord vérifier dans tous les bars et commerces. Puis tous les gardiens d'immeubles sont également visités. Malheureusement pour la police, la densité de logement dans cet arrondissement laisse la possibilité de se cacher dans un des innombrables appartements sans pouvoir être découvert.

Raoul fait équipe avec Eugénie. Entre deux inspections, il s'interroge sur la corrélation entre le dernier message de sa grand-mère et la véritable raison de la présence de César Rasyel ce soir.

« *Tu ne penses pas qu'il aurait pu faire du mal à Aurore Distelle ? Qu'en réalité il l'attendait pour ça ?*

- Il aurait pu s'en prendre à elle le week-end dernier à Hostiaz et pas ce soir en pleine ville, tu crois pas ?

- Il en a peut-être ressenti le désir mais n'en a finalement pas eu le courage.

- Je ne sais pas ce qui l'a poussé à agir jusqu'ici mais une chose est sûre : c'est que pour l'instant il n'a pas manqué de courage, sa présence au coeur de Lyon ce soir nous l'atteste à nouveau. À mon avis il ne lui fera aucun mal, son message le prouve d'ailleurs. Je crois que tu fais une fixette sur elle. Je ne vois pas pourquoi tu t'inquiètes ?

- Pas toi ?

- Moi je n'ai pas le béguin pour elle.

- Moi non plus.

- Tu sais, même si tu sais très bien dissimuler, il ne faudrait pas essayer de me faire avaler des couleuvres. O.K. ? »

Le quartier est passé au peigne fin, les recherches durent des heures, mais aucune des personnes interrogées n'a aperçu César Rasyel. Il s'est à nouveau volatilisé.

« *C'était perdu d'avance, autant chercher une aiguille dans une botte de foin, il va me rendre fou ce gamin !* » grommelle le commissaire lorsque vers une heure du matin il décide de lever les barrages. Il se trouve alors dans l'appartement des Distelle avec Aurore et le père du jeune recherché qui ne cesse de lire et relire le SMS .

- Il faut le retrouver commissaire ! Il va faire une connerie, j'en suis sûr !

- Je crois que niveau conneries, effectivement il se débrouille. Ce sera pas la première ! Le commissaire lui répond sèchement. *Vous auriez été plus coopératifs dès le départ, on aurait peut-être même pu en éviter. En tout cas pour ce soir, les recherches sont terminées.*

- Dorénavant, vous ne voyez plus en lui qu'un coupable en fuite.

Le commissaire ne relève même pas cette remarque et s'adresse à Aurore.

- Désormais mademoiselle Distelle vos sorties canines seront elles aussi surveillées au cas où votre cousin tenterait une nouvelle approche. D'ailleurs, le mieux serait que ce soit un de mes hommes qui sorte votre chien pendant quelques temps. La jeune femme acquiesce d'un mouvement de tête.

- Vous n'avez donc pas compris le message ? s'agace Francis Rasyel de plus belle.

- Si, ne vous inquiétez pas, je l'ai très bien compris. Mais je suis désolé de vous annoncer que je ne donne pas beaucoup de crédit aux mots de votre fils. Bonne nuit. »

Ces dernières paroles replongent le père dans son abîme intérieur.

—

Quelques instants plus tard, Raoul marche d'un pas décidé en direction du vieux Lyon. Retourner chez lui à pied semble la meilleure des idées pour décompresser après tout cette effervescence. Le groupe Radiohead joue l'album « *O.K. Computer* » dans ses écouteurs. Au détour d'une rue, il tombe nez à nez avec Fabiola, l'avatar professionnel de Fabien, très maquillée, dans une tenue hyper-colorée. Elle fait une pause clope, juste à l'entrée de son lieu de travail, le YM. Les lumières criardes ainsi que les basses étouffées qui traversent les parois vitrées attestent d'une ambiance dont il parait nécessaire de s'évader parfois.

« *Ça y est, on dirait que l'état d'urgence est levé,* plaisante-elle.

Raoul lui explique brièvement les événements de la soirée et reprend le cours de sa marche, son ami ajoute avant qu'il n'ait repositionné ses écouteurs.

- *Il faudrait prévoir une garde rapprochée pour cette jeune femme, tu vois qu'il faut y faire attention. On t'avait pourtant prévenu.* »

Raoul pensait que cette marche solitaire sous le ciel étoilé pourrait faire baisser la pression, essayant de ne penser ni à Aurore, ni aux paroles de sa grand-mère. Il s'inquiète toujours au sujet de la jeune femme et de la proximité du tueur dans son entourage. La rencontre avec son coloc attise ce tourment qu'il commençait tout juste à dominer. Mais ne serait-ce pas cela un véritable ami ? Cette personne qui, sous des airs narquois, vous asticote en tombant juste à chaque fois, pour mettre finalement le doigt exactement là où ça fait mal. Ou bien n'est-ce juste propre qu'aux personnes qui vous connaissent vraiment, celles qui vous ont percé à nu, à qui l'on ne pourra plus jamais rien cacher ? Paradoxalement, il décide de hâter le pas pour dormir au plus vite. À peine est-il rentré dans son immeuble qu'il monte les marches deux à deux. Il pénètre dans l'appartement bien décidé à prendre une quantité suffisante de ces fameux comprimés aux plantes pour s'assommer. Mais c'est sans compter l'espièglerie de son ami qui s'est fait un malin plaisir de les faire disparaître. Morphée va bien prendre son temps avant de venir cueillir notre homme, lui laissant le temps de s'égarer dans ses tourments.

XV

Vendredi 30 mai, 6h12

 « *Tu perds ton temps à courir derrière César, le poison l'a tué lui aussi, ne t'en approche plus, rien ne l'arrêtera.* »

 Même si la sensation reste perturbante, Raoul commence à accepter ces intrusions dans son esprit. Il éprouve même un certain plaisir à ressentir la voix de sa grand-mère. Par contre il n'apprécie vraiment pas de recevoir des injonctions de l'au-delà, d'autant plus qu'elles concernent une enquête en cours à laquelle il est particulièrement attaché. Au quotidien il lui est déjà difficile d'avoir à obéir à des ordres, même s'il s'accommode docilement de ceux du commissaire Blanchard. La raison de cette incursion dans sa vie et surtout dans son travail reste encore mystérieuse même si elle s'apparente plus aujourd'hui à une mise en garde que les fois précédentes. Toujours en avance sur les investigations, les propos de sa grand-mère lui laissent le sentiment que lui et ses coéquipiers ne seraient pas capables de résoudre seuls cette affaire. Ce matin Mussec quitte son lit avec un sentiment de tiraillement entre l'amour qu'il a toujours voué à sa grand-mère et l'agacement de se voir dicter ce qu'il doit faire et surtout ne pas faire. Son cheminement de pensée conforte ses inquiétudes de la veille et le conduit à la déduction que si lui peut être en danger alors Aurore l'est forcément. Il se rassure en se disant que son appartement est constamment sous surveillance policière, il est donc peu probable qu'il lui arrive quelque chose ces jours-ci. Au final cette jeune femme revient sans cesse au centre de ses préoccupations. Quelque soit leurs cheminements tous les raisonnements mènent à Aurore. Mais est-ce véritablement la raison qui oeuvre ?

XVI

Lundi 2 juin 2014.
    Six équipes de policiers sont postées autour du cimetière. Dix jours après avoir enterré son mari, Johanne Distelle vient s'installer à ses côtés. La cérémonie se déroule dans la plus stricte intimité, ce qui semblait le plus judicieux aux yeux d'Aurore et de Francis Rasyel. Aucun policier n'a été admis à leur proximité, leur présence permanente est devenue insupportable. D'autant plus qu'ils n'ont trouvé aucune trace de César, Francis est exaspéré, il est de plus en plus convaincu qu'ils ne le retrouveront pas vivant.
    Dans un véhicule, rue du cardinal Gerlier on peut entendre :
    « *Tu connais le vieil adage : « On prend les mêmes et on recommence », je me demande bien qui on va enterrer chez les Distelle le prochain coup : la fille, le cousin ?* plaisante Livio.
    Raoul ne daigne pas lui répondre. De ces deux-là on peut dire qu'ils ne sont pas sur la même longueur d'onde, cette expression a même dû être inventée pour eux.
    - *Allez détends-toi Raoul ! Tu vas la revoir la petite Aurore. Il paraît que t'as flashé sur elle. Elle veut pas voir de flic aujourd'hui, c'est normal elle dit adieu à*

maman. Mais t'inquiète pas dès qu'elle tombera à nouveau sur un macchabée , elle retrouvera ton 06. »

Mussec est désespéré de voir son collègue se marrer dans de telles circonstances.

Dans une autre voiture de police banalisée, Eugénie, elle aussi, est dépitée, l'enlisement de l'enquête l'a complètement démoralisée :

« *Tu vois Arthur, on vient de passer quatre jours à visionner toutes les vidéos de surveillance de la soirée pendant laquelle César Rasyel a envoyé un SMS à sa cousine. On ne l'a aperçu sur aucune. On a donné son signalement dans tous les immeubles du secteur, on a contacté tous tous les logeurs plus ou moins foireux et rien, rien, rien ! Il a raison le commissaire, il nous fait passer pour des guignols. De toutes façons, lorsque le SMS a été lu par Aurore, il était sûrement déjà loin.*

- C'est bon, arrête de tout ressasser, on ne l'a pas encore trouvé c'est tout, il finira bien par se pointer. On retrouvera peut-être la vieille deudeuche avant lui. »

Deux heures plus tard, la famille quitte les lieux, les véhicules de luxe démarrent les uns après les autres sous les yeux des policiers. Réunis au portail, éreintés, ils voient la dernière chance de coincer le jeune suspect s'évaporer.

« *C'était évident qu'il ne serait pas assez bête pour venir ici, sur ce coup là on a cru au père Noël,* grogne le commissaire.

- Du coup, on fait quoi maintenant ? ose Eugénie.

- Je sais pas trop... Mais surtout faites le bien ! Maintenant que les obsèques sont passées, on risque de nous tirer dessus à boulets rouges. »

XVII

Mardi 10 juin 2014.
    Voilà plus d'une douzaine de jours que l'enquête n'a pas avancé d'un iota. Même si son quotidien s'en trouve considérablement apaisé, Raoul le regrette doublement. D'une part, cela ne lui a pas créé de nouvelles opportunités de revoir Aurore Distelle depuis l'enterrement de sa mère, ainsi il s'est permis de lui envoyer quelques SMS, juste pour prendre de ses nouvelles. Elle lui a toujours répondu par un message très aimable se terminant par : « *À très bientôt mon cher inspecteur.* » D'autre part, le fait qu'il n'y ait eu aucune avancée dans les recherches, augmente jour après jour sa crainte de voir les derniers propos de sa grand-mère se vérifier avec la découverte du corps de César Rasyel. Ces pensées peuvent paraître saugrenues mais il aimerait que, d'où elle se trouve, elle ne puisse pas tout savoir et tout voir. L'idée que les événements soient écrits par avance lui est très désagréable. Par ailleurs, ses dernières nuits ont été très calmes, comme si son aïeule ne s'exprimait à nouveau que lorsque son précédent message est vérifié.
    L'affaire Distelle ne fait plus ni la une des journaux nationaux ni celle des locaux d'ailleurs. Elle s'est fait rapidement supplanter sur les pages des médias à scandales ainsi que sur les réseaux sociaux. Seule reste

la réunion matinale pour rappeler aux policiers leur nullité, le commissaire ne s'en gêne évidemment pas. Toutes les pistes ont été vérifiées et revérifiées, le jeune fugitif a complètement disparu des radars.

En début d'après-midi, l'équipe d'inspecteur est rassemblée dans son minuscule bureau. Mussec, Buffon et Enzinio avachis dans leurs sièges, en pleine digestion, sont à moitié endormis. Des cartons de pizza vides jonchent à nouveau leur bureau. Leur conversation décousue n'est qu'un enchaînement de lamentations.

« *Je n'arrive pas à y croire, un gamin de vingt ans qui nous ballade depuis plus de dix jours !*
- *On l'avait à portée de mains pourtant…*
- *Je crois que ce SMS, il l'a envoyé pour nous narguer…*
- *En tout cas, il nous fait bien passer pour des cons !*
- *Après plus d'une semaine sans n'avoir rien trouvé, je crois qu'on l'a finalement atteint notre grade de guignols, non ?* »

Eugénie, rivée sur l'écran de son ordinateur, ne porte aucune attention à ces propos. Soudain elle se redresse, toute excitée par sa trouvaille. Elle se met à parler très fort manifestement pour réveiller ses collègues mais probablement aussi pour les narguer :

« *Ça y est j'ai enfin quelque chose ! Dans les fichiers de carte grise, la deux-chevaux de Rasyel apparaît, elle a été vendue… Et du coup nouvelle immatriculation et nouveaux propriétaire. Génial, non ?* »

Sans attendre de réponse, elle sort et part en courant au bureau de Blanchard annoncer sa découverte.

Les trois inspecteurs entendent le cri victorieux du commissaire entre férocité et soulagement. De retour, l'inspectrice prend contact avec le nouvel acquéreur. Il s'agit d'un collectionneur de vieilles voitures qui habite Châtillon sur Chalaronne, à un peu plus d'une heure de route du commissariat.

« *Qui m'accompagne ?*

Les trois hommes toujours aussi peu motivés se regardent mutuellement.

- Bon Arthur ce sera toi, on va pas perdre du temps à attendre que vous vouliez bien vous réveiller. Les deux autres mollusques, vous appelez la police scientifique, qu'elle m'envoie un type pour faire quelques prélèvements.

- OK. Chef ! » rétorque Livio finalement un peu agacé.

Arrivés sur place, Arthur, un peu pâle, n'est pas au mieux de sa forme. La conduite énergique d'Eugénie lui a rendu le trajet insupportable. Elle l'observe descendre péniblement du véhicule constate que finalement, avec son problème de mal des transports, il n'était pas le bon choix. Le nouveau propriétaire de la deux-chevaux s'appelle Michel Vaillant, ça ne s'invente pas pour un passionné de véhicules anciens. Sa maison est un pavillon sur sous-sol des années soixante-dix, rénové avec de belles menuiseries PVC beiges, décorés de croisillons en laiton, équipées de volets roulants beiges eux-aussi, la façade, elle, a été repeinte d'un bleu douteux.

« *T'as vu la baraque ? Le summum du kitch!* murmure l'inspectrice qui jette un coup d'oeil aux maison environnantes et conclut : *quoique finalement, elle ne dénote pas trop dans la rue.* » Elle s'avance et appui sur la sonnette qui jouxte le portail en PVC beige lui aussi.

- Je vois pas ce que tu lui reproches à cette maison, moi j'aimerais bien une maison comme ça dans un quartier peinard », répond son collègue au teint verdâtre à ses côtés.

Eugénie lève les yeux au ciel et lance un bref soupir quand un homme de petite taille sort par la porte d'entrée du pavillon et se dirige vers eux.

« *Inspectrice Grandin ?*

- C'est moi, répond-elle en montrant sa carte de police, *je suis accompagnée de mon collègue l'inspecteur Arthur Buffon.*

- Vous avez fait vite dites donc ! Arthur acquiesce d'un mouvement de tête. *Suivez-moi dans le garage, c'est là que se trouve mon nouveau bébé. »*

Il se retourne et sort une petite télécommande qui lui permet d'actionner la porte automatique. Le véhicule apparaît trônant au milieu du local, entouré d'établis, au dessus desquels tous les outils sont rigoureusement à leur place. Tout semble extrêmement propre, difficile de penser que l'on puisse pratiquer la mécanique ici. Ils en font le tour et constatent que la deux-chevaux, impeccablement lustrée, est parfaitement identique à la description faite par Aurore Distelle, la plaque d'immatriculation, pas encore remplacée, correspond toujours à celle de Francis Rasyel.

« *Monsieur Vaillant, pouvez-vous nous décrire avec le plus de détails possible, le déroulement de la transaction pour l'achat de ce véhicule, la ou les personnes que vous avez rencontrées, comment vous les avez contactées et aussi évidemment le lieu de cette transaction ?*

- Et bien en vérité, c'était une vente... Comment vous dire ?... Atypique !

- Atypique ? Comment ça ?

- Et bien tout simplement parce que je n'ai rencontré personne, j'ai répondu à une annonce sur le Bon Coin, ça faisait une heure qu'elle était en ligne, il y avait deux photos, le vendeur était situé à Tenay, j'ai sauté sur l'occasion. A ce prix là c'était plus qu'une affaire. Une voiture comme ça, ça vaut plus du double de ce qu'il en voulait.

- Vous n'avez rencontré personne ?

- Non, je vous dit. Il faut avouer que c'était un peu étrange comme façon de faire. Quand j'ai laissé un message sur le site pour dire que j'étais preneur, on m'a répondu de venir chercher la voiture le lendemain à 6 heures du matin sur un parking à Tenay même, rue de la gare.

- C'était quand ça ?

- Le lundi 26 mai, je suis pas près de l'oublier. Comme j'étais pas rassuré, ça sentait un peu l'arnaque faut dire, j'y suis allé avec mon beau-frère Patrice, c'est un ancien rugbyman. Il en mime l'imposante carrure. *Quand on s'est pointé, la voiture était là. On a fait le tour, on a attendu une demie-heure et finalement on l'a ouverte. Le siège conducteur était reculé à fond, sûrement réglé pour une personne assez grande, vous voyez ?*

- Je vois, continuez.

- *Les clés étaient cachées dans le pare-soleil avec une enveloppe qui contenait les papiers de cession du véhicule remplis pour la partie vendeur. Une lettre me disait de compléter les lignes me concernant et d'attendre un mois avant de retourner les papiers à la préfecture. Je devais attendre un mois également pour envoyer le chèque et l'exemplaire vendeur des papiers au propriétaire, un avocat du nom de Rasyel.*

- *Vous n'avez pas attendu un mois ?*

- *Et bien c'est ma femme qui a insisté pour que j'envoie les papiers tout de suite, elle m'a dit que c'était quand même très louche comme histoire. En plus aujourd'hui, le délai pour recevoir une carte grise peut être très long alors on s'est dit que ça prendrait sûrement au moins un mois et que le vendeur ne s'en apercevrait pas. Par contre j'ai pas encore retourné l'exemplaire au vendeur ni le chèque.*

- *Pas très loyal comme façon de faire…*

- *Mais finalement ça vous arrange.*

- *En effet, vous avez toujours la lettre ?*

- *Oui bien sûr, j'ai tout préparé après votre appel, je m'y attendais un peu d'ailleurs.*

L'homme saisit une grande enveloppe posée sur un établi, il en sort un feuille pliée qu'il tend à Eugénie. Elle la saisit du bout des doigts, regrettant de ne pas avoir de gants.

- *Le mot est imprimé, évidemment. Nous le garderons pour faire des recherches d'empreintes. Un collègue devrait bientôt arriver pour faire le maximum de prélèvements possible.*

- *Je sais pas s'il trouvera grand-chose. Il faut dire que la voiture était déjà très propre quand nous* l'avons récupérée mais je n'ai pas pu m'empêcher de la nettoyer entièrement dès que je l'ai installée ici. C'est que je suis un peu maniaque, vous savez ?

- *On s'en doutait un peu,* répond l'inspectrice en levant les yeux au ciel. *M. Vaillant, nous allons devoir vous confisquer ce véhicule, pour deux raisons : c'est une preuve essentielle dans une enquête en cours et de plus ce n'est pas son réel propriétaire qui vous l'a laissé.*

- *Je me disais bien qu'avec le pseudo du vendeur sur le Bon Coin, ça faisait pas trop avocat. Mais bon il faut avouer que ces gens-là font pas toujours dans la légalité alors...*

- *Quel était ce pseudo ?* demande Buffon, resté silencieux depuis le début.

- *Ben c'était assez drôle en plus, vous savez sur internet il y a toujours des pseudos rigolos... C'était Laitue César, sûrement en référence à la salade César,* rigole-t-il.

- *Laitue César... César Laitue... César les tue! Non mais c'est une blague !* Eugénie est atterrée, elle reprend, agacée : *Et vous vous êtes pas dit que c'était une grosse connerie ?*

- *Si, je vous l'ai dit que c'était louche, mais pour 3500 euros ça valait le coup d'aller voir. Et puis avec Patrice je craignais rien.*

- *Faudra nous donner les coordonnées de ce Patrice,* dit l'inspectrice sèchement en prenant des notes. *Montrez-nous votre ordinateur avec les échanges faits avec le vendeur sur le BonCoin !* A présent elle est très directive et Michel Vaillant, devenu tout penaud, ne fait plus honneur à son patronyme. Il les conduit dans la maison et s'empresse de leur montrer le fil de conversation, finalement assez succinct. L'annonce n'est évidemment plus en ligne et le pseudo ne semble plus utilisé.

- Allo, commissaire ?

- Alors Eugénie, dis moi tout !

- On avance mais… Elle hésite à continuer, ne sachant pas vraiment comment commencer.

- Mais quoi bon sang ?

- Je ne suis pas sûr que cela vous plaise… »

—

Vers 19H30, au retour des deux inspecteurs, le commissaire réunit une nouvelle fois toute l'équipe dans son bureau .

« *Bon, aujourd'hui on a finalement avancé sur cette affaire grâce essentiellement à Eugénie, qui ne lâche rien, elle !*

- On a tellement avancé que nous en sommes quasiment toujours au même point ! ajoute Livio Moqueur.

Eugénie fait la moue.

- Fais pas cette tête, c'est énorme ce que t'as trouvé, lui dit le commissaire pour la réconforter. *Mais il faut avouer que dans l'immédiat, ça nous aide pas encore à dénicher le petit Rasyel.*

- Bravo Eugénie, ironise à nouveau Enzinio en l'applaudissant tout doucement.

- T'as fait quoi toi aujourd'hui ? À part lambiner ? lui lance-t-elle finalement, sur la défensive.

- Du calme les enfants. Il est pas impossible que, même si Vaillant s'est donné beaucoup de mal à nettoyer

la voiture, les prélèvements nous apportent quelque indice que ce soit. J'ai eu le père Rasyel, évidemment il dit qu'il a rien à voir dans cette vente et je pense qu'on peut le croire. Blanchard s'interrompt quelques secondes afin de lire un message sur son portable. Raoul, toujours assis dans le même coin du bureau, en profite pour intervenir :

- *Le compte du Bon Coin nous mènera peut-être à une adresse I.P. localisable.*

- *Il n'est évidemment plus utilisé mais on devrait pouvoir en trouver la source en effet, les gars de la scientifique nous confirment ça dès que possible*, répond Arthur.

- *Ce qui est sûr,* reprend le commissaire, *c'est que tout ça a été particulièrement bien prémédité. L'annonce est passée le dimanche en début d'après-midi. Le petit César avait déjà planifié sa fuite et avait prévu de faire disparaître la voiture.*

- *Il avait donc déjà imprimé les papiers de vente et possédait obligatoirement un deuxième téléphone pour gérer tout ça,* suppose Mussec.

- *C'est vrai. Et en la mettant à ce prix il était sûr de trouver un con pour jouer le jeu...*

- *Pour un temps en tout cas,* intervient Eugénie.

- *La voiture ne lui a pas servi longtemps dans sa fuite, il a même pas fait quinze bornes avec, en pleine nuit en plus. Un autre véhicule l'attendait forcément à Tenay.*

L'intervention pertinente de Livio surprend tout le monde, surtout Eugénie. Le téléphone du bureau sonne, Blanchard décroche.

- *Tiens Flavel, on parlait de toit et de ton équipe de geeks il y a deux minutes, du nouveau sur notre affaire ?* dit-il en activant le haut-parleur.

- *Ça va pas te plaire…*

- *On arrête pas de me dire ça, tu sais ? Balance nous tes trouvailles!*

- *Et bien, pour l'instant, je n'ai pas grand chose à te balancer. On ne connaît pas l'origine du compte du Bon Coin, l'adresse électronique utilisée transite pas plusieurs adresses I.P. en Europe de l'est et en Asie, presque impossibles à localiser.*

- *Tu veux dire qu'il aurait des complices à l'étranger?*

- *Non, non pas forcément, t'emballe pas ! C'est des écrans de fumée tout ça, le compte a très bien pu être crée ici-même à Lyon. Actuellement, on est bloqué.*

- *Effectivement, tu avais raison, les bonnes nouvelles continuent…*

- *Par contre, ce qui pourrait peut-être te consoler, c'est que ton petit gus n'a pas pu faire ça tout seul, on avait déjà fouillé tous ses ordis, c'est pas un génie de l'informatique, il s'est forcément fait épauler.*

- *Finalement, tu vois que tu aides un peu quand même.*

- *C'est tout ce que tu auras pour aujourd'hui, on fait un pot de départ ce soir, il faut que je te laisse, tu peux passer avec tes inspecteurs si tu veux…*

- *Non ça ira, on s'amuse pas avec vous, l'humour de geeks c'est pas pour nous. Merci.* Le commissaire raccroche et lance à son équipe : *Vous avez écouté : il a été aidé. Mais de là à parler de complices, je sais pas. Ce genre de services, ça s'achète. Bon allez !*

On verra ça demain ! Rentrez chez vous, on n'est plus à une journée près maintenant. »

—-

Quelques minutes plus tard, alors qu'il descend les escaliers, Raoul s'arrête sur le palier intermédiaire à côté d'un échafaudage pour attendre Eugénie. Il s'est enfin décidé à lui évoquer les idées qui le taraudent depuis plusieurs jours, se disant qu'elle est la plus ouverte de l'équipe.

« *Et si on émettait l'hypothèse que César Rasyel n'a pas eu de complices, mais plutôt qu'il a été manipulé et qu'éventuellement il est peut-être même mort à l'heure qu'il est.*

- Et ton raisonnement repose sur quels éléments ?

- Pas grand chose, un pressentiment...

- Un pressentiment, tu nous la joues médium maintenant ? lui demande-t-elle en affichant un large sourire moqueur. *C'est un peu léger... Mais c'est pas idiot, si tu veux un conseil, n'en dis pas un mot à Blanchard, ça jouerait pas en ta faveur.*

- Pas faux.

- Mais tu sais, si d'ici quelques jours l'enquête n'avance pas concrètement il sera prêt à tout écouter. Je crois que c'est encore un peu tôt. »

XVIII

Mercredi 11 juin 2014.

Vers 8 heures du matin, alors qu'un doux soleil printanier commence à illuminer la ville, Raoul descend vers le sud le long du quai Romain Rolland. Il marche d'un pas décidé en direction du commissariat. Visiblement très contrarié, il sort son téléphone et recherche les coordonnées de Mercédès Diaz sur le web. Il n'avait conservé ni carte ni numéro, espérant ne plus jamais avoir à la contacter directement. C'est la mort dans l'âme qu'il lance cet appel. Il tombe directement sur sa messagerie.

« *Madame Diaz, inspecteur Raoul Mussec, j'essaie de vous joindre concernant le problème que nous avions déjà évoqué ensemble. Ça prend des proportions trop importantes... il faudrait que je vous revois pour essayer de mettre un terme à tout ça. Je vous rappelle dans la journée.* »

Imaginer la réaction pleine de jubilation de la gardienne d'immeuble à l'écoute de ce message le désole, mais elle est la seule personne qui devrait pouvoir l'aider. À son réveil deux heures plus tôt, sa grand-mère s'est à nouveau manifestée, avec des propos dont le sens ne peut laisser place à aucune équivoque :

« *Ne vois-tu pas que c'est Aurore le poison dans cette famille ?* »

C'en est assez pour lui, ces manifestations vont beaucoup trop loin à son goût. Le chemin parcouru pour les admettre lui a demandé un effort considérable, mais se laisser guider et envahir par des suggestions qui vont à l'encontre de ce qu'il perçoit et ressent lui paraît insurmontable. Il est impossible qu'Aurore soit à l'origine de tous ces drames. Psychologiquement ce n'est plus jouable, il faut que cela cesse, contacter Mercédès Diaz représente son va-tout.

—

Vers 10 Heures

Eugénie Grandin remonte prestement les marches du grand escalier central du commissariat, elle vient de raccompagner « *Patrice le beau-frère* ». Elle traverse aussi rapidement le futur open-space qu'elle doit bientôt investir avec ses collègues. Après avoir été reportée plusieurs fois la réception de travaux est prévue d'ici quelques jours. Seulement quelques ouvriers sont encore présents pour les dernières finitions. La porte du bureau de Blanchard est ouverte, tous ses collègues l'y attendent.

« *Pas très loquace le beau-frère de Vaillant, mais il a confirmé tout ce qu'on savait. Il accompagnait juste au cas où ça tournerait mal. Il faut avouer qu'il a une carrure assez, disons… Dissuasive. Mais par contre il faudrait pas qu'il se retrouve dans une joute verbale, là il serait vite K.O.* »

-*O.K. merci Eugénie, toujours aussi efficace !* Lorsque le commissaire fait ce genre de compliment, il est difficile de savoir si il est sincère ou bien si ce n'est qu'une façon détournée d'humilier les autres membres de l'équipe. *Bon, aujourd'hui, vous essayez de me trouver qui aurait pu l'aider. Je sais que depuis le début tout tend à prouver qu'il a agi seul. Même s'il est difficile d'imaginer qu'un jeune de vingt ans soit capable d'empoisonner et de tuer des proches avec un tel sang-froid. Mais cette histoire de deux-chevaux nous remet en selle en évoquant la possibilité d'au moins un complice. Alors vous me cherchez dans toutes les connaissances du fugitif, celles qui habitent entre Tenay et Lyon, et il y en a sûrement. Et vous dénichez tous les petits as en informatique qu'il a côtoyé durant ces dernières années de scolarité, ou bien des copains à eux, ou même encore les copains de leur copains. Dans tous les cas vous ramenez quelque chose !*

- *Je vois bien oui. On va devoir se retaper toutes ces listes de morveux qui nous prennent de haut quand on les interroge,* fait remarquer Enzinio telle une complainte, *vraiment génial !*

- *Et bien oui mon petit on prend les mêmes et on recommence !*

- *On les a déjà tous passés en revue, dans ses contacts, dans ses mails...* continue l'inspecteur se lamentant tel un enfant qui vient d'être injustement puni.

- *Vous commencez à me faire chier ce matin,* le commissaire s'est mis à crier, *César Rasyel a été aidé et on ne sait pas par qui ! Alors on discute pas !* Puis il continue plus calmement : *De son côté Flavel et ses lumières vont se renseigner sur tous les pirates qu'ils connaissent susceptibles de rendre ce genre de service et qui pourrait être de près ou de loin dans l'entourage des Rasyel. Je vous laisse, j'ai rendez-vous avec le procureur. Je vais probablement me faire engueuler moi aussi.*

Il quitte aussitôt son bureau, laissant son équipe stoïque .

« *Ça doit être son rendez-vous qui le rend nerveux*, plaisante Enzinio.

- *Je pense que c'est plutôt toi et tes jérémiades !* » rétorque Eugénie.

Dix minutes plus tard, Mussec attend sa collègue Grandin dans le hall du commissariat, elle est partie récupérer les clés d'un véhicule banalisé. Il est très surpris de voir entrer Aurore Distelle dans ce lieu. Toute de noir vêtue, elle le remarque aussitôt et se dirige naturellement vers lui. Raoul sent son pouls s'accélérer. Il essai de ne rien laisser transparaître alors que l'ayant déjà rejoint, elle lui adresse dans un très léger sourire :

« *Bonjour Raoul, vous allez bien ?*

Le fait qu'elle l'appelle par son prénom le flatte particulièrement.

- *Bien merci, mais ce serait plutôt à moi de vous poser cette question,* répond-il en pilotage automatique.

- *Je dois vous avouer que les collègues de ma mère ont des remèdes miracles qui me permettent de tenir le coup. Je ne sais pas si je pourrais m'en passer un jour...*

Eugénie vient de les rejoindre, les deux jeunes femmes se saluent mutuellement.

- *Qu'est ce qui vous amène dans nos locaux ?* demande l'inspectrice.

- *Je voulais connaître les avancées dans l'enquête, avec Francis on aimerait tellement que cela se termine et que vous retrouviez César.*

- Nous aussi, vous savez. Mais malheureusement il reste introuvable.

- *Lorsque je vois les policiers pour la sortie de Faust, ils ne me disent jamais rien. Je ne sais pas si c'est qu'ils ne veulent pas, ou bien qu'ils ne peuvent pas le faire. Cette attente devient terrible. J'ai appris par mon oncle ce matin que sa deux-chevaux a été retrouvée. C'est lui également qui m'a conseillé de sortir prendre l'air et de quitter cet appartement qui va me rendre folle. Avoir vos collègues sur le dos en permanence est également assez pesant... Ils m'ont suivi jusqu'ici et attendent à l'extérieur d'ailleurs. Une chose est sûre : je ne crains absolument rien.*

- *Voulez-vous rencontrer le commissaire ? Il est actuellement en rendez-vous, mais ça ne devrait pas durer bien longtemps,* propose l'inspectrice.

- *Non, ce n'est pas la peine, je préfère m'entretenir juste avec vous deux, je crois que vous êtes les plus humains dans ce service.*

- *C'est pas faux,* admet Eugénie.

- *Je peux vous offrir un café ?* propose Aurore

Les deux policiers, un peu surpris, acceptent. Raoul sort du commissariat en suivant les deux jeunes femmes. Il n'a pas pu décrocher un mot depuis l'arrivée de sa collègue. En temps normal, il aurait incontestablement préféré être seul pour accompagner Aurore. Mais à ce moment présent, il est énormément mal à l'aise, la présence de la jeune femme le trouble toujours autant alors que les propos qu'il attribue à sa grand-mère l'incrimine. Il se sent coupable vis à vis d'elle comme s'il la trahissait et qu'elle pouvait lire dans ses pensées. Il la regarde traverser la rue devant lui, elle paraît bien frêle et fragilisée par tous les événements qu'elle vient de traverser. Les accusations d'Aimée ne peuvent pas coïncider avec la réalité.

  Ils s'assoient à une petite table dans un coin discret au fond de la brasserie *Du Petit Bouchon,* Aurore ne souhaitant pas être installée en terrasse. Chacun commande un café. Eugénie a remarqué une tension inhabituelle chez son collègue, elle en profite pour prendre les rênes de la conversation en narrant les dernières progressions de l'enquête, n'omettant à aucun moment de valoriser son propre travail. Elle passe volontairement sous silence le pseudo utilisé pour le compte du Bon Coin afin de préserver son interlocutrice de cet humour dérangeant. Raoul n'intervient que pour placer quelques « *oui* » d'acquiescement lorsque les propos de sa collègue lui suggèrent, lui permettant ainsi de signaler sa présence. Il garde les yeux fixés sur sa tasse, après avoir passé plus de temps que nécessaire à touiller le sucre avec sa cuillère. Aurore Distelle les remercie pour les informations partagées ainsi que pour tout ce travail effectué. Elle leur avoue qu'elle et son oncle ont toujours beaucoup de mal à accepter tous ces événements. Leur incompréhension reste totale. Ils regrettent que Michel Vaillant ait été victime d'une arnaque dont le seul but était de faire disparaître la deux-chevaux. Elle leur annonce même que Francis Rasyel souhaite lui restituer le véhicule à la fin de l'enquête comme dédommagement, estimant également « *qu'il vaut mieux que cette voiture ne revienne jamais dans notre famille.* »

S'installe ensuite un silence pesant entre les trois personnes, comme si aucun ne souhaitait reprendre la conversation. Enlisé dans ses pensées Raoul ne trouve pas de mots. Avec beaucoup d'efforts il arrive à afficher un visage neutre. Eugénie, elle, ne trouve plus rien à dire à présent que son exposé professionnel est terminé. C'est un brusque sanglot d'Aurore qui rompt ce silence, elle s'en excuse. Ses nerfs lâchent.

« *Toute ma famille vient d'être anéantie, j'ai perdu les êtres que j'aimais le plus au monde... Même si vous retrouvez mon cousin, après ce qu'il a fait ... Excusez-moi je n'aurais pas dû venir.*» Elle pleure à nouveau, augmentant la gêne ressentie par les deux inspecteurs. Elle parvient à reprendre son souffle et s'exprime à nouveau en retenant ses sanglots. Elle leur explique qu'elle a bien quelques amis à Budapest, mais que cela ne remplacera jamais une vraie famille. Elle envisage d'y retourner fin juin, afin de remplir des obligations professionnelles, mais elle avoue ne pas savoir si elle en aura la force. Le téléphone de Raoul se met alors à sonner, il s'empresse de l'éteindre.

« *Je vous en prie, répondez Raoul.*

- *Merci mais ce n'est pas très important,* ment-il, *je rappellerai plus tard.* Le numéro de Mercédès Diaz vient de s'afficher sur l'écran.

Aurore se lève alors .

- *Merci pour le temps que vous m'avez consacré, je ne veux pas en abuser car je sais que vous avez beaucoup de travail. À bientôt, j'espère* », dit-elle apparement sincère en regardant Raoul dans le yeux.

Elle les quitte en laissant sur la table plus d'argent qu'il n'en faut pour payer les trois cafés.

Sorti dans la rue, Raoul laisse Eugénie marcher loin devant lui et s'installer dans la voiture qui leur a été attribuée. Il en profite pour écouter le message laissé par la gardienne.

« Inspecteur Mussec, je suis prête à vous recevoir quand vous voulez, les clients ça ne se refuse pas vous savez. Par contre, je ne vous promets pas de trouver une solution à votre problème, je sais quand la porte est ouverte mais je ne sais pas forcément comment la refermer, cette porte. Rappelez-moi, on parlera de ce qu'il est possible de faire. »

Le message ne correspond évidemment pas à ses attentes, mais il veut quand même essayer et rappelle Mercédèz Diaz pour prendre rendez-vous dès que possible. Ils conviennent de se rencontrer à 12 heures 30 dans un restaurant rue Bugeaud. Mussec ne souhaite pas être aperçu en compagnie de la gardienne, notamment par ses collègues chargés de la surveillance de l'immeuble. Celle-ci accepte la rencontre à condition d'être invitée « *vous comprenez que c'est du travail pour moi, ce n'est pas forcément une partie de plaisir d'avoir des dons comme les miens. Mais bon, quand on peut joindre l'utile à l'agréable.* »

Il rejoint ensuite sa collègue qui commence à s'impatienter, elle est prête à démarrer. Il monte à ses côtés n'a même pas le temps de s'attacher que le véhicule est déjà en route vers le lycée du Parc, boulevard Anatole France. Eugénie se tourne vers lui, visiblement inquiète.

« T'as pas l'air dans ton assiette, mon petit Raoul, ce matin, ça aurait dû te booster de voir Aurore Distelle, non ?

Il lui répond par un bref grognement qui peut être traduit par « *mêle-toi de tes affaires s'il te plaît !* »

- *Je crois que manifestement elle aussi n'est pas dans son assiette, vous êtes deux comme ça !* »

—

Plus de deux heures plus tard, les deux inspecteurs repartent du lycée. Le retour de policiers dans ce lieu n'a pas vraiment été apprécié. La rencontre avec le proviseur a été assez tendue. Il leur a déclaré que son administration ainsi que les professeurs, prévenus de leur venue, n'apprécient pas de contribuer à ce genre de délation, qu'ils avaient déjà fait tout ce qui est en leur pouvoir pour aider l'enquête. Leurs investigations nuisent à la renommée du lycée et également à celles des familles qui y scolarisent leurs enfants. Malgré cela, ils ont obtenu la liste de tous les élèves particulièrement doués en informatique. Après en avoir rencontré quelques-uns, ils prennent les coordonnées des autres afin de les convoquer au commissariat. Cette piste s'annonce à nouveau stérile.

« *Pour une fois je suis d'accord avec Enzinio, c'était une perte de temps évidente.* » commente Eugénie en sortant.

Alors qu'elle démarre la voiture, Raoul lui demande de le déposer boulevard du Maréchal de Saxe pour un rendez-vous personnel. Elle accepte sans poser de question, leur courte conversation de l'aller lui a servi de leçon.

—

Tout juste déposé, Mussec se dépêche de rejoindre Mercédès Diaz devant le restaurant « *Aux Saveurs de Lyon* » rue Bugeaud. Celle-ci est venue vêtue d'un de ses tailleurs les plus chics. Elle a également fait un effort sur le maquillage, particulièrement coloré et ostentatoire. Il la salue et l'invite aussitôt à pénétrer les lieux. Raoul demande une table pour deux et choisit parmi les propositions qui lui sont faîtes, celle qui est la moins visible de la rue.

« *C'est drôlement joli ici. Je suis passé plein de fois devant mais je n'étais jamais rentré,* déclare madame Diaz en s'asseyant. *Regardez-moi ça comme c'est beau,* continue-t-elle en désignant les fleurs en plastique qui décorent la table.

- *Ah oui, en effet,* répond Mussec poliment. *Nous allons commander tout de suite,* dit-il à la serveuse qui passe à proximité de la table. *Pour moi, ce sera un plat du jour et vous ?*

- *Et bien moi je prendrai le menu saveurs, j'ai eu le temps de le lire plusieurs fois tout le temps que je vous ai attendu, je peux vous dire que ça m'a mis l'eau à la bouche. Je voudrais un petit peu de vin aussi pour accompagner tout ça, du rouge mademoiselle s'il vous plaît.*

Raoul espérait qu'en commandant rapidement elle aurait la décence de prendre une formule rapide comme lui, bien tenté.

- *Alors inspecteur, on a toujours des contacts avec...* elle regarde autour d'elle avant de finir tout bas *... L'au-delà ?*

- *Si on veut oui. Il m'a fallu du temps pour accepter tout ça, mais je suis sûr à présent qu'il s'agit de ma grand-mère. Par contre, j'ai un peu de mal à accepter ses messages. Autant certains semblaient pertinents, que les derniers me paraissent complètement farfelus.*

- *Farfelus ? C'est-à-dire, vous ne les comprenez pas ?* l'interroge-t-elle en le fixant les yeux grands ouverts.

Raoul préfère alors détourner le regard :

- *Si, au contraire, c'est de plus en plus clair, limpide même.*

- *C'est que vous ne voulez pas y croire alors ?*

Alors qu'il s'apprête à répondre, Mussec s'interrompt le temps que la serveuse pose l'assiette d'entrée devant son invitée. La vue du fond d'artichaut au foie gras l'amène à s'interroger sur le coût de ce fameux menu saveurs.

- *Alors vous n'y croyez pas ?* le relance-t-elle.

- *Je pense que cela ne correspond pas à la réalité, c'est insensé.*

- *De quoi y parlent ces messages ?*

- *Je préfère garder cela par moi.*

- *Comme vous voulez. Moi ce que je peux vous dire,* continue-t-elle entre deux bouchées, *c'est qu'en général, là-haut y se trompent pas, y voient tout, y savent tout. Votre grand-mère, elle vivait où ?*

- *Dans le sud du Berry.*

- *Mussec c'est pas berrichon comme nom ?*

- Non, c'est le nom de mon père.

- Ah évidemment. J'en ai lu des livres sur les birettes du Berry.

- Les quoi ?

- Les birettes, les sorcières du Berry, vous connaissez pas ?

- Non, ce mot ne me dit rien.

- On dit sorcières mais il s'agissaient plutôt de guérisseuses. De bonnes personnes qui aidaient les autres, bon c'est vrai qu'y'avait aussi des brebis galeuses qui se servaient de leurs pouvoirs pour faire du mal. Il y a sûrement une part de légende dans tout ça, je sais pas trop j'étais pas là pour voir. Toujours est-il que votre grand-mère, elle vous veut du bien et ses messages c'est pour vous protéger. Vous n'êtes pas seul dans ce cas, et la plupart du temps les messages de l'au-delà sont là pour aider. Faut pas chercher midi à quatorze heure, c'est tout ! déclare-t-elle en se servant un deuxième verre de vin.

Face à ses affirmations, Raoul reste sceptique. Il observe Mercédès Diaz manger comme si ce repas était son premier depuis des lustres. Il la laisse terminer son entrée en silence. Lorsque les deux plats de résistance arrivent, petit salé pour Mussec, saucisson chaud à la beaujolaise pour sa convive, il reprend :

- Je voudrais juste que tout cela s'arrête. Reprendre une vie normale quoi !

- Et ben, ça va pas être simple inspecteur, y'a pas d'interrupteur, ça fonctionne pas comme ça.

- Parfois je prends des comprimés pour dormir et rien ne se passe…

- *Je vous arrête tout de suite c'est une chance que vous avez là. Alors si vous voulez pas accepter la vérité, vous n'avez qu'à vous droguer toute votre vie. Sinon vous regardez la vérité en face et vous acceptez le cadeau que vous fait votre grand-mère.*

- *Mais je n'ai rien demandé et la pilule est de plus en plus grosse à avaler.*

- *Prenez là avec beaucoup d'eau alors, vous verrez au bout d'un moment elle passera mieux*, répond elle se moquant ouvertement de lui. *De toutes façons, vous constaterez que ce qu'elle vous dit se vérifiera toujours, j'en suis sûr. Ce n'est qu'une question de temps.*

Il est 13 heures 20, Raoul reçoit un message sur son mobile. Le commissaire demande à tous les inspecteurs d'être présents dans son bureau à 13 heures 45.

- *Un message de votre grand-mère ?* ironise la gardienne-médium.

- *Vous êtes décidément très drôle*, rétorque-t-il, *c'est professionnel je vais devoir vous laisser finir ce repas toute seule.*

- *Ne vous inquiétez pas pour ça , je mange toute seule tous les jours et d'habitude c'est pas aussi bon. Par contre vous n'oubliez pas de régler avant de partir. Merci.*

- *C'est prévu,* » répond-il en se dépêchant de finir son plat.

XIX

Même jour, bureau du commissaire Blanchard, 13 heures 50 :

« *Bon, il est où Mussec ?* s'agace le chef

- *Il avait un rendez-vous personnel, il devrait pas tarder »,* le défend Eugénie.

La porte s'entrouvre doucement, Raoul se faufile vers son petit coin habituel, tête baissée, sachant pertinemment que tous les regards sont posés sur lui. Un homme assez grand, le crâne rasé se tient debout à côté du commissaire. Il s'agit de Nicolas Flavel, inspecteur en chef du service informatique de la police scientifique de Lyon. Il prend la parole alors qu'un mouvement de main du commissaire l'y invite.

« *Je suis venu vous expliquer ce que nous avons pu finalement trouver en lien avec le compte d'utilisateur créé pour la vente de la voiture sur le site du BonCoin. Nous ne sommes pas arrivés à tracer l'adresse électronique du fameux Laitue César jusqu'à son origine et je pense que nous n'y arriverons pas. Il ne s'agit pas d'un parcours habituel, donc ce n'est pas un des pirates que nous avons l'habitude de traquer qui en est le concepteur.*

- *Est-ce-qu'il aura des points positifs à la fin de ton blabla ?* questionne Blanchard

- *J'y viens. L'intérêt de ces recherches, même si elles n'aboutissent pas, est qu'elles nous ont permis de mettre à jour un mode opératoire de dissimulation de boîte mail encore inconnu. Quand un pirate utilise un nouveau parcours, quel qu'il soit, il en reste toujours des traces. Ainsi, nous avons découvert, qu'elle avait déjà servi, en prenant le même chemin, deux jours avant la mise en ligne de l'annonce.*

L'assemblée d'inspecteur est pendue aux lèvres du technicien, le commissaire s'impatiente.

- *Et ?*

- *Et bien, elle a été utilisée pour faire une réservation sur Airb'n'b, ce site de location entre particulier. Il s'agit d'un appartement au sud de la rue Dusguesclin.*

- *Juste en dessous du périmètre de recherche le soir du S.M.S,* réagit Arthur Buffon. *Il se serait planqué là-bas ?*

- *T'as l'adresse exacte ?* interroge Blanchard.

- *J'ai tout : l'adresse exacte de l'appart, sa description sur le site, les cordonnées de l'hôte, tout est là,* dit-il leur tendant une feuille.

- *Parfait ! On ne vous paye pas toujours à rien faire, finalement !* lance le commissaire en guise de remerciement. *Eugénie, tu contactes tout de suite les,* prenant un ton précieux, *« hôtes », tu leur expliques qu'on doit visiter cet appartement, tu récupères toutes les infos qu'ils veulent bien te donner par téléphone et tu les convoques pour 18 heures. Le temps de mobiliser un peu de monde, on se retrouve en bas dans dix minutes ! On va peut-être enfin coincer César, ce sera son Alésia.*

-*D'ailleurs,* reprend Flavel, *comme vous pouvez le lire, le pseudo utilisé cette fois-là était : Romain Lempereur.*
 - Il se sera bien foutu de notre gueule ce petit con. » Livio Enzinio clôt ainsi la conversation.

—

14 heures 15.
Quatre voitures de police se garent au pied d'un immeuble cossu, rue Duguesclin. Des officiers balisent aussitôt un périmètre de sécurité, imposant aux piétons d'emprunter le trottoir d'en face. Le problème de ce genre de procédé est de créer un attroupement périphérique de curieux qui veulent voir et savoir. Par le cheminement de l'heuristique populaire, il se murmure rapidement que César Rasyel, « *l'empoisonneur* », a enfin été retrouvé. La rumeur va plus vite que les conclusions de la police, comme bien souvent.
Eugénie partage les informations glanées par téléphone auprès des propriétaires de l'appartement.
« *Les propriétaires sont M. et Mme Dufroid, il s'agit de leur résidence principale d'octobre à avril. Comme ils sont retraités, le reste de l'année ils parcourent l'Europe en camping-car. Actuellement ils sont aux Pays-bas,* s'adressant directement au commissaire. *Pour le rendez-vous de 18 heures au commissariat, ils ont dit que ça allait être un peu compliqué.*
- Évidemment.
- *Donc ils louent leur logement durant leurs vacances, c'est la deuxième année qu'ils le font. Ils ne*

rencontrent jamais les occupants, ils ne le souhaitent pas d'ailleurs. Les transactions se font uniquement sur le web, les entrées dans l'immeuble et dans l'appart peuvent se faire par digicode, des doubles de clés sont laissés à disposition à l'intérieur. A la fin des séjours ce sont des étudiants payés au black qui passent faire le ménage et changer les draps.

- Ils louent à n'importe qui alors ? interroge Armand Blanchard

- C'est un peu le principe de l'hôtellerie chef, non ? se moque l'inspectrice. Pour de long séjour, les étudiants sont à disposition pour intervenir si nécessaire. En l'occurence la réservation de Romain Lempereur, débutait le vendredi 13 pour une durée de deux mois. Les Dufroid préfèrent louer pour des longs séjours, c'est moins lourd à gérer selon eux. Là c'était idéal, jusqu'à ce que je les contacte. Ils m'ont communiqué tous les codes d'entrée, ils sont sur la route du retour à l'heure qu'il est.

- Bon allez, on entre ! » ordonne le commissaire.

L'inspectrice tape le code, la porte de hall se déverrouille et une dizaine de policiers s'engouffrent dans le bâtiment. Mussec est le dernier à entrer, un peu réticent, il redoute ce qu'ils vont découvrir. Si sa grand-mère a dit vrai, ils risquent de trouver un cadavre. Bien entendu, il préfère garder ses pensées pour lui-même. Il suit ses collègues guidés par Eugénie jusqu'au deuxième étage. Le groupe s'arrête, le palier n'est pas assez spacieux pour contenir tout le monde. La couleur verte des boiseries murales tranche quelque peu avec la moquette rouge criard, l'assortiment pique les yeux mais les équipiers ne sont pas là pour parler déco. Il n'y a plus un bruit dans l'immeuble. Le commissaire frappe violemment contre la porte de l'appartement.

« *César Rasyel, on sait que tu te caches ici, ouvre-nous, la partie de cache-cache est terminée. Il va falloir que tu t'expliques maintenant !* »

Le silence s'installe à nouveau. Un bruit de serrure se fait entendre. Quelques marches plus bas dans l'escalier Raoul est soulagé. Mais en fait, c'est la porte juste à côté qui s'entre-ouvre, une dame très âgée pointe la tête. Les regards se tournent vers elle. Livio Enzinio s'en rapproche et lui demande gentiment de s'enfermer dans son appartement le temps de l'intervention. Tout est à nouveau silencieux, Blanchard frappe à nouveau.

« *Bon, c'est quoi le code Eugénie ?* »

Elle soulève le clapet qui dissimule un petit clavier et saisit le code. Un cliquetis les prévient de l'ouverture de la gâche électrique de la serrure. Blanchard pousse doucement la porte, laissant s'évader une nuée de mouche mais surtout une odeur pestilentielle. Une mouche se pose sur la joue de Raoul, il ne fait pas un geste pour la faire partir, ses craintes sont vérifiées. Enzinio et Arthur, l'arme au poing, sont envoyés en reconnaissance. Après seulement quelques secondes, ils ressortent prestement de l'appartement en prenant soin de refermer la porte derrière eux. Ils reprennent leur souffle en s'éloignant.

« *C'est une puanteur de ouf là-dedans,* s'exclame Livio

- *Pas besoin de vous dire qu'il est mort,* complète Arthur. *Il est assis dans un canapé en plein soleil face à une fenêtre entrouverte, un téléphone et des boîtes de médocs vides devant lui sur une table basse.*

- *C'est bien César Rasyel ?* interroge Raoul
- *Ça y ressemble encore un peu.*
- *Pour ceux qui veulent voir un cadavre en décomposition c'est le moment,* ne peux pas s'empêcher de rajouter Enzinio en riant jaune, *ce qui est sûr c'est qu'il est pas mort d'hier.*

Au bout du couloir, le commissaire sort son téléphone :
- *Constantine ?*
- *Oui Blanchard, tu ne peux plus te passer de moi ?*
- *Parlons-en justement ! Il faut que tu viennes tout de suite dans un appart rue Dusguesclin.*
- *Tu m'envoies l'adresse par SMS.*
- *Eugénie t'envoie ça tout de suite. Et surtout Constantine…*
- *Quoi ?*
- *Emmène des pinces-nez !*
- *C'est bon j'ai compris, t'as trouvé de la viande avariée.* »

Les propos tenus par Mercédès Diaz lors du déjeuner résonnent dans l'esprit de Mussec : « *là-haut y se trompent pas, y voient tout, y savent tout.* » Tous les messages de sa grand-mère se vérifient les uns après les autres. Qu'en sera-t-il du dernier ?

—

Une heure plus tard, Blanchard et son équipe attendent toujours sur le palier. Avant de faire quoi que ce soit, ils veulent la confirmation de l'identité du corps. Voilà plus de trente minutes qu'Alfred Constantine est entré dans l'appartement avec ses collègues. Seul Enzinio s'est absenté pour questionner la voisine, elle lui a avoué ne même pas s'être rendu compte que le logement des Dufroid avait été occupé depuis leur départ.

« *Elle est sourde comme un pot et malvoyante, elle a entendu le commissaire frapper la porte tout à l'heure parce qu'elle a mis ses appareils auditifs. Pour économiser les piles, elle ne les met que les jours de passage de son aide-ménagère.* »

Le légiste sort enfin, toujours en combinaison, le visage déformé par un casque intégral équipé de filtres et d'une assistance respiratoire. Il l'enlève en prenant mille précautions.

« *Prends ton temps surtout*, grommelle le commissaire

- Tu sais Blanchard, tu l'aurais retrouvé plus tôt ce gamin, on serait pas obligé de porter un tel attirail. Un corps en décomposition ça dégage et c'est nocif.

- C'est bien lui alors ?

- L'âge et la corpulence correspondent et les papiers dans son portefeuille ne laissent plus la place au doute. Alors oui, c'est César Rasyel.

- Quand est-il mort ? Il s'est suicidé avec des médicaments.

- Je pense qu'en effet c'est ce qui l'a tué, il y a de quoi en faire trépasser encore deux ou trois comme lui sur la table. Quant à dater la mort, c'est compliqué, je dirais deux semaines voire un peu plus. La décomposition est bien avancée, la rigidité cadavérique a disparu depuis longtemps, le corps est complètement verdâtre. Il fait bon dans l'appart ça a pu accélérer un *peu le processus. Désolé mais à ce stade de dégradation je pourrais pas être plus précis même après analyses.*

- *Deux semaines ça fait quelle date ?* s'interroge Blanchard

- *Autour du 28 mai,* s'empresse de répondre Eugénie qui avait déjà fait le calcul. *Le jour, du SMS, il se serait suicidé le soir même.*

- *T'en penses quoi Alfred ?*

- *Que ça colle, mais j'insiste sur le fait que je ne peux pas être précis au jour près, on arrive bien trop tard pour ça.*

- *Autre chose ?*

- *Ah oui j'oubliais !* Constantine retourne très furtivement dans l'appartement, il en ressort avec une enveloppe usagée, le prénom César est écrit dessus. *Regardez ce que j'ai trouvé dans une de ses poches, ça devrait vous intéresser. »*

XX

Mon César adoré,

J'espère que le jour où tu découvriras cette lettre il restera dans ta mémoire des souvenirs précis de ce que nous avons partagé. Malheureusement, le destin a décidé de nous séparer alors que tu n'es encore qu'un enfant. J'ai lutté de toutes mes forces contre cette terrible maladie, j'ai lutté pour toi. Mais il s'avère qu'elle est plus forte que je ne le croyais, je sens qu'elle est entrain de me terrasser. Elle me tue physiquement, c'est inéluctable, mais elle n'altèrera jamais l'amour que je te porte. Tu ne peux sûrement pas imaginer à quel point cet amour est immense, tu le comprendras lorsque toi aussi tu auras des enfants, ce que je te souhaite naturellement.

Puisque tu tiens cette lettre dans tes mains, c'est que tu es à présent majeur. Je suis certaine que Francis a tout fait pour que tu réussisses tout ce que tu as entrepris jusqu'ici. Mon souhait le plus cher est que tu atteignes le bonheur, pas celui superficiel de l'argent, celui du bien-être. Ils ne sont pas forcément liés. J'ai trop souffert durant mes dernières années de cette quête illusoire perpétuelle de l'enrichissement. Ton père et ses cousins Johanne et Mathias se complaisent dans ce monde du paraître. Moi je ne m'y suis jamais réellement trouvée à l'aise. Je pense n'avoir jamais eu vraiment ma place dans cette famille, Francis a toujours été bien plus dévoué à sa cousine qu'à moi-même. Ce phénomène n'est peut-être d'ailleurs pas étranger au mal qui me ronge.

Je souhaite que la lecture de ces mots ne feront pas naître en toi un désir de vengeance mais plutôt celui d'une émancipation salvatrice. Ton avenir t'appartient. Je t'aime.

Ta maman.

Francis Rasyel, recroquevillé dans un fauteuil, les yeux emplies de larmes, tend le bras afin de reposer la lettre sur la table basse installée à ses côtés.

« *Je ne comprends pas, je n'avais jamais imaginé que cette lettre ait pu contenir quelques reproches à mon égard. Mon épouse et moi étions un couple très uni, main dans la main jusqu'à son décès. C'est impensable qu'elle puisse être à l'origine de tous nos malheurs.* Désemparé, il se met à sangloter comme un petit garçon.

- On ne sait jamais ce que ressentent réellement les personnes qui partagent notre vie, vous le savez. Blanchard, l'enveloppe dans les mains, parle d'une voix calme et posé. *Ni comment votre fils a pu interpréter le contenu de cette lettre.*

- Ah vous êtes bien placé pour donner des leçons vous ! Je vous l'avais dit de vous dépêcher de rattraper César, qu'il allait faire une connerie. Et maintenant il est mort avec sur lui le mobile pour les meurtres de Johanne et Mathias. Il pointe du doigt le commissaire. *Vous et votre équipe êtes des incapables, sortez d'ici !* Il se relève et se met à hurler. *Vous n'êtes juste bon qu'à retrouver des cadavres. Compter les morts, c'est une drôle de méthode ça ? Hors de ma vue ! Je vais tous vous faire dégager, vous verrez ! »*

Le commissaire accompagné de Buffon et d'Enzionio se dépêche de quitter l'appartement de l'avocat.

« *Comme si ça pouvait être de notre faute…*
- *Il est plus facile de nous accuser que de voir la vérité en face, tu le sais bien Arthur.* »

Blanchard reçoit un message sur son téléphone.
- *Et bien il ne perd pas de temps celui-là.* Il remet son mobile rapidement dans sa poche. *Dépêchons-nous, le procureur m'attends pour donner une conférence de presse.* »

Au même moment, Grandin et Mussec quittent l'appartement des Distelle. Ils sont venus annoncer à Aurore le décès de son cousin. Raoul a laissé une fois de plus Eugénie s'exprimer et exposer les faits méthodiquement comme elle aime à le faire. Avec une telle éloquence elle ferait une parfaite avocate. En retrait, il a observé la scène afin d'étudier le comportement de celle qui le perturbe tant. Il a cherché le détail qui confirmerait les propos de sa grand-mère. Ce n'est pas sa première affaire d'homicide, il connaît les petits défauts comportementaux liés à la culpabilité, les réactions inappropriées. Dans le Purgatoire, elles sautent aux yeux, le terrain est à l'avantage des policiers. Mais ici la jeune femme est chez elle, aucun élément de l'enquête ne l'incrimine, au contraire elle est une évidente victime. Elle est apparue abasourdie par tout ce qui lui a été révélé, surprise que la cache de César ne soit en fait qu'à quelques rues d'ici. Elle a reconnu qu'elle avait vu juste lorsqu'elle avait évoqué des changements dans l'habitude de son cousin depuis ses dix-huit ans. Son attitude et son élocution ralentie ont laissé transparaître la prise de calmants de manière plus évidente que lors de leur rencontre du matin même. Il ne s'est rien passé de remarquable validant les propos d'Aimée, absolument rien. Descendus au pied de l'immeuble, Eugénie part en direction des policiers qui avaient en charge la surveillance des lieux, le dénouement de l'affaire est un soulagement pour eux. Postée derrière une fenêtre, la gardienne les aperçoit, elle en ouvre un vantail et interpelle Raoul.

« *Pssst, inspecteur !* Il se rapproche doucement. *Alors vos collègues m'ont appris qu'il s'est suicidé le petit César, vous parlez d'une histoire.*

Raoul ne répond pas, il regarde sa collègue qui lui fait signe de la rejoindre.

- *Mais tout ça vous le saviez déjà, non ?*

Embarrassé, il se tourne vers elle.

- *Vous savez, moi y'a pas besoin de me faire de dessin, je vous l'avais dit là-haut y voient tout.*

- *Il faut que je vous laisse, on m'attend. Bonne soirée !*

- *Ah aussi inspecteur…*

- *Oui ?* répond-il en se retournant alors qu'il est déjà à quelques mètres.

- *Merci encore pour ce midi, le dessert était vraiment fabuleux.* »

—

Dans la voiture qui les ramène au commissariat, Eugénie est installée comme à son habitude derrière le volant, Raoul est assis à ses côtés. Alors qu'elle s'arrête à un feu rouge, elle se tourne vers lui.

« *Bon qu'est ce que tu as toi aujourd'hui, tu pourrais peut-être te réjouir un petit peu, elle est enfin terminée cette foutue enquête.*

- *Tu parles d'une enquête, on a rien fait à part dénombrer des cadavres…*

- *C'est ton rendez-vous de ce midi qui t'a perturbé, tu veux en parler ?*

Pas de réponse.

- *Tu devrais de réjouir pour Aurore Distelle, elle n'est plus menacée. Bon c'est vrai qu'elle est à ramasser à la petite cuillère mais ça pourrait bien être toi la petite cuillère. T'as sûrement une carte à jouer de ce côté là.*

Son insistance réussit enfin à faire sourire son collègue.

- *En plus aujourd'hui tu l'as vue deux fois dans la même journée.*

Cette remarque stimule le cerveau de Raoul. Il repense à cette rencontre matinale au commissariat. La raison de la présence d'Aurore ne l'avait pas particulièrement étonné, c'était juste le fait de la voir qui l'avait perturbé. Pour quelqu'un dont la présence policière quotidienne commençait à peser, prendre l'air en se rendant dans leurs locaux est un peu surprenant. Elle ne s'en était pas caché, elle était venu pour connaître l'avancement de l'enquête. Le lendemain de la découverte de la deux-chevaux, rien de vraiment suspect finalement. À moins que…

XXI

Jeudi 12 juin 2014.

5 heures, Mussec est assis dans le noir. Il a passé la nuit sur le canapé, dans le séjour de la colocation. Inutile d'aller se coucher, il lui aurait été impossible de fermer l'oeil sans comprimé. A présent il attend le retour de Fabien. Des pas se font entendre sur le palier, il reconnaît le bruit des talons. Quel soulagement lorsque la porte s'ouvre enfin, il a grandement besoin de ses conseils avisés. La lumière s'allume, la présence de Raoul immobile dans le fauteuil fait sursauter son ami.

« *Qu'est ce que tu fais là ? Tu verrais ta tête, je crois ne pas me tromper en disant que t'as pas dormi.*

- On ne peut décidément rien te cacher.

- Et tu m'attendais pour parler ?

- Oui.

- Ça tombe très mal, je suis mort de fatigue, il faut que j'aille me coucher. Désolé, ce sera pour plus tard. »

Raoul, déçu, le regarde emprunter le couloir qui mène aux chambres. Fabien se retourne et dit dans un grand sourire :

- Mais non, je plaisante. Tu sais que j'adore tes histoires, surtout si c'est des histoires de flics. En plus maintenant que tu donnes dans le surnaturel ça devient carrément génial. »

Soulagé, Mussec commence le récit de tous les événements de la veille, n'omettant aucun détail. À chaque fois qu'il divulgue des éléments propre à l'enquête, il se sent obligé de préciser « *t'es pas sensé le savoir mais puisque tout est lié...* » Le monologue exhaustif dure plus d'un quart d'heure, Fabien n'en perd pas une miette, il ne bouge pas du tabouret sur lequel il s'est installé, totalement fasciné. Lorsque le flux de paroles cesse enfin, un silence de plusieurs minutes s'installe. Raoul fixe son ami, il guette la moindre réaction alors que celui-ci reste complètement immobile, littéralement scotché. La conversation redémarre enfin par cette longue interrogation :

« *Tu vas soupçonner cette fille dont tu es tombé amoureux, alors qu'en apparence rien ne l'incrimine, qu'elle semble même plutôt être une victime, tout ça parce que ta grand-mère t'a finalement dit de l'au-delà que c'était elle le poison ?*

- C'est ça ! Enfin amoureux n'est peut-être pas le terme exact...

- Et qu'en plus l'enquête est pour ainsi dire terminée et que tout accuse son cousin...

- Exact, t'as tout compris.

- Je comprends surtout pourquoi tu n'as pas pu dormir.

- Et du coup, t'en penses quoi ?

- Je pense que j'aimerais pas être dans ta tête. C'est une histoire de fou et tu risques de passer pour un con, mais bon ça t'a peut-être un peu l'habitude. En plus, si tu inculpes Aurore Distelle il faudra que tu fasses une croix dessus.

- Je sais.

- Et t'attends quoi ?

Raoul pose un regard interrogateur sur Fabien.

- T'attends quoi pour courir dénouer tout ça. Le seul moyen de t'en sortir est de vérifier les paroles de ta grand-mère. Tu as toujours aimé les enquêtes un peu compliquées, je crois que là tu es servi. Allez, fonce ! »

Qu'il est bon de s'entendre dire exactement ce dont on a besoin pour aller de l'avant. À peine son ami a-t-il prononcé ses dernière paroles, qu'il entend claquer la porte derrière lui.

—

Alors que le jour commence tout juste à pointer, présageant encore d'une belle journée de printemps, Armand Blanchard, d'assez bonne humeur pour une fois, monte l'escalier du commissariat. Il pense à voix haute *« Enfin débarrassé du poids de cette sordide affaire »*. Et pour couronner le tout, les travaux dans son service sont enfin terminés. Arrivé au premier étage, il est très surpris de voir de la lumière dans le bureau provisoire de ses inspecteurs. Il lui paraît impossible qu'il y ait quelqu'un de si bon matin. Il s'apprête à l'éteindre pensant qu'elle est restée allumée de la veille. Son étonnement est bien plus grand lorsqu'il découvre Raoul en plein travail.

« *Tu fais quoi là Mussec ?*

- *Bonjour, commissaire. Je vérifie la chronologie de l'affaire Distelle-Rasyel, j'en profite aussi pour repasser tous les détails de l'enquête.*

- *Pour faire le rapport ?*

- *Non, je cherche ce qui aurait pu nous échapper.*

- C'est sûr qu'il y a beaucoup d'éléments qui nous ont échappés, on s'est un peu fait balader même. Mais je crois que là il n'y plus grand chose à découvrir, à part ceux qui ont aidé César Rasyel sur le web, si on les trouve un jour.

- Vous ne pensez pas que tout mène à lui trop facilement ?

- À présent que c'est fini oui. Mais c'est logique, ça conforte les statistiques sur les coupables appartenant au cercle familial proche. En plus, on sait comment il a opéré et on a un mobile avec la lettre de sa mère. Meurtres prémédités, suicide du coupable, rien de bien nouveau, qu'est ce que tu veux de plus ?

- Et si il avait été manipulé ?

- Comment ça manipulé ? Armand Blanchard fait une moue sceptique. *T'es un bon flic Mussec, mais là je crois tu fais du zèle. C'est sa mère qui l'a manipulé si tu veux en aller par là. Il a pensé la venger en punissant son père.*

- Pour vous dire la vérité, je n'en ai pas dormi de la nuit ...

- Effectivement ça se voit maintenant que tu le dis...

-... Et je n'ai pas trouvé ce qui pourrait nous faire douter du bon dénouement de cette affaire, c'est trop parfait. Alors ce matin je me suis dit que j'allais commencer par reprendre l'ensemble des événements depuis le début. Je me suis alors fait la remarque que notre chronologie, au niveau du déroulement de l'enquête, ne correspond pas à ce qu'elle aurait dû être. Si l'acheteur de la deux-chevaux n'avait pas déclaré la vente plus tôt qu'il ne lui avait été demandé, nous

n'aurions découvert le corps de César Rasyel que bien plus tard, probablement entrain de se dessécher.

- Ce délai de paperasses, c'était pour brouiller les pistes c'est tout, son père lui avait donné deux ou trois tuyaux à ce sujet.

- Je suis d'accord, mais quitte à se suicider, pourquoi se donner tant de mal à brouiller les pistes ?

- Quand il a abandonné le véhicule, il n'avait peut-être pas prévu de se donner la mort, tu sais parfois ça arrive sur un coup de tête. Il suffit qu'il ait mesuré l'ampleur de ce qu'il avait fait.

- O.K., j'ai déjà pensé à tout ça. Tout s'explique, tout colle. Mais si on se fie aux propos de Constantine hier, l'état de décomposition ne nous donne pas une date très précise du décès, elle semble correspondre au soir du SMS. Il a dit lui-même qu'il ne pourrait pas être plus précis. Au début il avait parlé d'au moins deux semaines, ce qui ouvre la possibilité d'un décès précédant l'envoi du SMS. Et si nous avions retrouvé le corps dans quinze jours, il lui était encore moins possible d'être précis, donc ça collait encore mieux.

- Tu coupes les cheveux en quatre, mon petit Raoul.

- Non, commissaire je ne crois pas. Les pseudos utilisés n'auraient été découverts que bien plus tard. C'est bien trop flagrant comme ils l'incriminent eux aussi, on dirait qu'on se joue de nous.

- C'est du bla-bla tout ça, Tu n'as aucun point de départ pour étayer sérieusement ton raisonnement. Dis moi alors qui serait derrière tout ça ?

Raoul marque une pause. Il ne peut évidemment pas dire ce qui l'a véritablement poussé à venir ce matin.

Proposer le nom d'Aurore Distelle le ferait encore plus passer pour un fou aux yeux du commissaire.

- *Alors, qui ?*

- *Je ne sais pas encore,* ment-il. *Mais si je trouvais un élément concret pour défendre cette hypothèse ?*

- *Aujourd'hui c'est le grand déménagement dans le service. Ça tombe bien, comme l'enquête est pour ainsi dire terminée, je pensais que toi et tes collègues seriez contents d'intégrer vos nouveaux bureaux. Dans ce cas là, toi tu t'installeras demain. Je te laisse une journée pour m'apporter au moins un élément pour défendre ces idées. O.K. ?*

-*O.K. Merci chef. »*

XXII

Même jour, 8 heures 30.

Mussec attend depuis un quart d'heure Alfred Constantine devant la porte de son bureau. L'odeur qui règne au sein du service médico-légal est très désagréable, un mélange de produits sanitaires et de je-ne-sais-quoi qui ne sent pas très bon. Il se demande comment il est possible de la supporter au quotidien. Le légiste l'aperçoit du bout du couloir et vient vers lui.

« Tiens Mussec, c'est Blanchard qui t'envoie ?

- Pas vraiment, non. Je viens juste pour te demander quelques précisions sur ce que tu as observé hier.

- Hier c'était moche, j'en ai toujours l'odeur dans le nez. Suis moi à la machine à café, on sera mieux pour discuter.

L'appareil est situé dans une pièce à quelques mètres. Raoul commence à poser les questions alors que Constantine attend que la machine remplisse son gobelet.

- Est ce qu'il est possible que ce soit un homicide déguisé ?

- Non, je ne crois pas. À ce stade de décomposition, il y aurait des marques ou des plaies encore apparentes pour nous le signaler.

- On peut donc affirmer que c'est la prise des comprimés qui l'a tué ?

- À 95 %, un sucre dans ton café ?

- Oui s'il te plaît.

- Tu vois Mussec, quand la décomposition fait son oeuvre, elle détruit toutes les preuves les unes après les autres, en commençant par les viscères et leur contenu qui se liquéfient. Passé douze jours c'est compliqué, la putréfaction est trop avancée.

- Et s'il avait été drogué à son insu ? Par exemple, comme Johanne Distelle avec le GHB.

- Tu veux dire qu'on l'aurait lui aussi incité à se suicider. C'est pas idiot mais on a plus rien pour le vérifier. Si tel était le cas t'aurais plus de chance de retrouver cette drogue au fond d'un verre, à condition que celui-ci n'ait pas été lavé depuis évidemment. Ce matin, deux gars de la scientifique doivent passer finir de tout prélever dans l'appart, maintenant qu'on a évacué ce qui restait du corps. Vois avec eux, mais tes chances sont minces. »

Raoul a noté les dernières remarques du légiste dans un carnet.

« Spéculation Mussec, tout cela n'est que spéculation.

- Je sais on me l'a déjà fait remarquer. Merci pour le café, » dit-il en partant avec celui-ci dans la main.

Alors que l'ascenseur le remonte au niveau du rez-de-chaussée, Raoul consulte son carnet. Sur une page il a dessiné un signe plus, il y compile tous les points pouvant lui servir à convaincre le commissaire. Et sur la page opposée, un signe moins pour tout ce qui conforte les conclusions déjà établies dans l'enquête. Il est navré de constater que la deuxième page se remplit beaucoup plus vite que la première uniquement après cette discussion. Il décide de se rendre à nouveau sur les lieux de la découverte du corps de César Rasyel afin de s'entretenir avec les policiers en charge des prélèvements. Comme il n'aime pas trop conduire, et encore moins en ville, en sortant il prend directement la direction de la bouche de métro la plus proche.

Arrivé devant l'appartement découvert la veille, les deux policiers qui en gardent l'entrée le saluent et lui confirment la présence de membres de la police scientifique à l'intérieur. Avant de le laisser entrer, l'un d'eux lui tend un masque, toujours indispensable d'après lui. Une fois la porte passée, l'odeur reste insupportable. Malgré les hauts-le-coeur qu'elle provoque, Raoul rejoint les deux officiers dans le coin cuisine. Il ne les avait encore jamais rencontrés. Gantés, ils vident le contenu de la poubelle et le répartissent dans divers sachets de prélèvement.

« Bonjour, je suis l'inspecteur Raoul Mussec en charge de l'enquête. Vous n'avez rien remarqué de particulier ?

- À part l'odeur, pas vraiment. Les déchets montrent qu'il a pris quelques repas ici. Des emballages de bouffe industrielle qu'il a pu acheter n'importe où.

- De la vaisselle sale ?

- Quelques couverts, une assiette. Même pas un verre, il n'a bu que des cannettes : bière, sodas. Il y en avait sur le sol au pied du canapé où se trouvait le corps. C'est ce qu'il a du boire pour avaler tous les cachetons.

- *Ah tiens regarde,* dit l'un des deux hommes à son collègue, en sortant une petite boîte qui se trouvait dans les détritus.

- *C'est une boîte d'Aérius vide, un antihistaminique, rien d'exceptionnel, il devait avoir des allergies. J' en prends moi aussi à cette saison sinon, avec tous les pollens, je passerais mes journées à éternuer.*

Raoul range son carnet dans une poche après y avoir écrit quelques mots.

-Merci pour les infos, si vous trouvez quelques choses de pertinent, vous pourriez m'appeler aussitôt, je vous laisse un carte posée sur le meuble de l'entrée.

- *O.K., mais ne compte pas trop là-dessus, on a presque terminé. »*

Redescendu rue Duguesclin, Raoul se dirige rue Vauban. Il remonte celle-ci jusqu'au bord du Rhône. Il s'installe sur un banc face au fleuve et consulte à nouveau son calepin. Il fait beau, le fond de l'air commence à être agréablement chaud. Il ne remarque même pas le nombre important de passants qui gravitent autour de lui. Il relit les notes prises durant ces deux rencontres matinales. Le fait que César Rasyel ait pris des anti-histaminiques lui paraît un peu étrange, lorsque l'on veut se suicider prend-on un médicament qui soulage des réactions allergiques. Cela reste très fragile pour étayer la thèse avancée par les paroles de sa grand-mère. Ses pensées se focalisent sur Aurore, quel serait son implication dans tout ça, ses éventuelles motivations. Il ne peut pas l'appeler pour lui demander des informations au sujet des allergies de son cousin. Elle n'était même pas arrivée en ville lors du décès de son père, présente à celui de sa mère mais droguée, quant à celui de son cousin, apparement cela ne peut être qu'un suicide. Les faits sont là, toujours indiscutables. Il se les est repassés toute la nuit dans sa tête. Qu'est ce qui ferait d'elle le poison dans cette histoire ? À force de ressasser cette même question, son esprit lâche prise. La fatigue accumulée depuis plusieurs jours commence à l'envahir, il n'arrive plus à réellement ce concentrer ni à réfléchir. Tout cela est stupide, le commissaire va le ridiculiser devant tous ses collègues. Il n'y a bien que Fabien pour le soutenir dans une telle folie. Autant abandonner tout de suite. Un épuisement de plus en plus intense l'accable, il se sent faible physiquement et psychologiquement, l'impression de s'être laissé déborder par cette affaire lui laisse finalement la sensation de ne plus être lui-même. Afin de reprendre le contrôle, il ferme les yeux, respire doucement et essaie de se laisser bercer par la douceur printanière ambiante.

« *Le poison a tout détruit, même les belles paroles d'une mère pour son enfant, quel dommage. Prends garde à toi Raoul, tu es en danger !* »

Raoul se redresse brusquement comme piqué par un insecte durant son demi-sommeil. Il se tourne doucement à gauche puis à droite, vérifiant qu'il est bien seul sur ce banc. C'est la deuxième fois qu'elle s'exprime en plein jour. À l'instant la voix d'Aimée s'est fait entendre distinctement comme si elle était réellement présente à ses côtés. Raoul reste abasourdi quelques minutes le temps de réaliser ce qui vient de se passer.

Une fois ses idées remises à peu près en place Raoul comprend que via cet avertissement, sa grand-mère vient de l'orienter vers une piste concrète. Il se relève enfin et se met à marcher, la fatigue écrasante semble s'être envolée comme par magie. Il sort son téléphone et appelle sa collègue préférée.

« Eugénie, salut, c'est Raoul.

- T'es où ce matin, tu ne participes pas au grand déménagement, depuis qu'on attend ce moment. Les bureaux sont immenses et les couleurs assez sympas finalement.

- Blanchard ne vous a rien dit ?

- *Non. Pourquoi ?*

Raoul est agréablement surpris que le commissaire n'ait pas évoqué ses projets à ses partenaires.

- Je vais passer la journée à vérifier quelques détails sur l'affaire Rasyel, il y a deux trois points qui me chiffonnent.

- *Tu cherches la petite bête, t'es trop perfectionniste. À moins que ce ne soit dû à ton fameux pressentiment ?*

- Si tu veux, mais je veux juste contrôler que l'on est pas passé à côté de quelque chose d'important.

- *Si ça peut te faire du bien. Moi je considère cette affaire comme terminée.*

- Du coup, je me posais des questions sur la lettre laissée par la mère de César Rasyel. Tu te souviens précisément de ce qu'avait dit son père à ce sujet, quand on l'avait évoquée la première fois ?

- *Oui bien sûr. Il avait parlé d'une lettre dictée à une infirmière par sa femme peu avant sa mort. Conservée dans un coffre par lui-même jusqu'à la majorité de son fils.*

- Et si je retrouvais l'infirmière en question pour en vérifier l'authenticité.
- T'es un peu barge toi ! Tu vas perdre ton temps.
- Je vais essayer quand même. Elle est morte d'un cancer, c'est ça ?
- Oui. Mais tu perds ton temps je te dis, Francis Rasyel a reconnu l'enveloppe et la signature. Tu ne trouveras rien, je te parie un resto.
- O.K. Pari tenu. »

Il range son téléphone mobile dans sa poche, se disant qu'une signature n'est pas ce qu'il y a de plus difficile à imiter.

XXIII

Une demie-heure plus tard, Raoul Mussec remonte le boulevard Jean XXIII, où se situe le centre Léon Bérard. Spécialisé dans la lutte contre le cancer, il paraît évident qu'Elisabeth Rasyel a été soignée dans cet hôpital, et qu'elle y est fatalement décédée. Il espère bien retrouver la trace de l'infirmière à qui Elisabeth Rasyel a dicté la lettre. Il se présente à l'accueil et demande à connaître le service qui l'avait prise en charge. La très souriante jeune femme qui traite sa demande fait immédiatement le lien avec l'affaire à nouveau à la une des réseaux sociaux. Elle met quelques minutes à retrouver les données concernant la patiente dans les fichiers informatiques. Elle lui donne un numéro de service et lui indique comment s'y rendre sur un plan du centre hospitalier. L'accès paraît assez simple, chaque zone se différencie par une couleur. L'inspecteur s'y rend aussitôt en suivant scrupuleusement les indications de la jeune femme. Arrivé dans le bon secteur, il réalise que les patients croisés ne sont uniquement que des patientes, il s'agit d'un service de traitement du cancer du sein. Il se rend au local des infirmières et expose à la première personne rencontrée la raison de sa venue.

« *Vous n'avez pas idée du nombre d'infirmières qui travaillent ici, ni du nombre de patientes que nous soignons. Elle se serait passée en quelle année, votre histoire ?*

- En 2000 je crois.

- C'est que ça commence à dater. Il faudrait demander à la responsable du service, elle est en poste ici depuis plus de vingt ans. Elle s'en souviendra peut-être. Je vais la prévenir de votre présence. Elle finit actuellement le tour des chambres avec un médecin, elle devrait pouvoir venir vous voir d'ici un quart d'heure. Vous n'avez qu'à vous asseoir ici en attendant. Elle lui désigne une chaise. *Je vous sers un café, ça vous aidera à patienter. »*

Raoul la remercie vivement, il en a bien besoin, il n'aura sûrement pas le temps de déjeuner aujourd'hui. Il s'installe et boit doucement en lisant et relisant les notes écrites dans son carnet.

Comme prévu, quinze minutes plus tard une infirmière plus âgée pénètre dans la pièce. Les cheveux gris, de taille moyenne, elle affiche un visage naturellement bienveillant. Elle est de ces personnes dont la présence apaise et met en confiance immédiatement.

« *Bonjour, je suis Catherine Prieur, vous êtes l'inspecteur qui cherche des renseignements au sujet du séjour d'une ancienne patiente ?* demande-t-elle de sa voix particulièrement douce.

- Oui, c'est cela.

- Vous savez que même après de nombreuses années je ne peux rien vous dire qui relève du secret médical.

- Je le sais, mais il ne s'agit pas de cela. Je recherche les infirmières qui ont soigné Elisabeth Rasyel

avant son décès en 2000, et plus particulièrement celle qui l'aurait aidé à rédiger une lettre pour son fils.

- Rasyel, vous dites, c'est en lien avec cette affaire qui fait les gros titres ce matin.

- Oui, effectivement.

- C'était moi cette infirmière, en général c'est toujours à moi que les patientes demandent ce genre de service. Son souvenir m'est revenu dès que j'ai reconnu le nom dans les journaux.

- Vous vous souvenez du contenu de cette lettre ?

- Vous n'êtes pas sérieux, après tant d'années passées ici j'ai rencontré tellement de drames similaires, je ne peux pas me souvenir de tous les détails. Tous ces malheurs m'affectent déjà beaucoup, alors j'essaie de ne pas les garder en moi. Ici nous soutenons les malades et leur famille, si nous partagions pleinement leur souffrance, nous ne serions plus d'aucune aide.

- Je comprends mais le contenu de cette lettre est très important, c'est le mobile des crimes perpétrés par César Rasyel. Vous n'en avez gardé aucune trace ?

- Non je ne crois pas. Il s'agissait du message d'une mère mourante à son enfant. Ce serait assez malsain de la garder, vous ne croyez pas ?

- Oui, en effet.

Raoul ne cache pas cette déception. L'infirmière pose la main sur son épaule.

- On dirait que vous en faîtes une affaire personnelle.

Raoul relève la tête.

- Et si je vous la faisais lire, vous pourriez l'authentifier ?

- Je ne sais pas, je veux bien essayer. Mais je ne vous promets rien.

- Merci, » dit-il visiblement soulagé.

Il lui demande l'autorisation d'utiliser un poste informatique du bureau et se fait envoyer une copie du document par Eugénie dans sa boîte mail. Raoul invite ensuite Catherine Prieur à s'installer face à l'écran et à lire attentivement la lettre. Après quelques minutes de concentration sur le texte, elle se tourne vers lui les yeux embués.

« *Vous n'imaginez pas à quel point c'est pénible ce que vous m'avez demandé là.* »

Raoul très gêné, ose à peine la regarder.

« *Concernant la typographie, je peux vous affirmer qu'il s'agit de celle que j'utilise encore aujourd'hui pour rédiger mes correspondances. La lecture des premières lignes a ravivé bien des souvenirs, impossible d'oublier cette femme et son petit qui venait la voir tous les jours. Par contre je pense que la fin de la lettre a été modifiée.*

- Vous en êtes sûre ?

- *Quasiment, à moins que ma mémoire ne me joue sérieusement des tours. D'après ce dont je me souviens la lettre ne comportait aucun grief à l'égard de son entourage, juste des voeux de bonheur pour son enfant.*

L'infirmière, toujours perturbée, observe que paradoxalement le visage de Mussec s'illumine.

- Merci d'avoir bien voulu lire cette lettre, ce que vous avez constaté est d'une importance capitale. Je peux me permettre de vous poser une autre question ?

- Je vous en prie.

- Est-ce que vous vous seriez manifestée si vous aviez lu dans la presse que cette lettre est à l'origine des meurtres de Johanne et Mathias Distelle ?

- Je ne pense pas, non. Comme je vous l'ai dit j'ai pris connaissance de cette histoire par hasard en posant les yeux sur les unes de journaux, mais je ne lis pas cette presse. Je côtoie assez de drames au quotidien. »

Après mille remerciements, l'inspecteur quitte l'infirmière en chef, lui précisant qu'elle sera probablement convoquée au commissariat pour faire une déposition.

En sortant du service, alors qu'il s'apprête à quitter le bâtiment, Raoul sort son téléphone mobile de sa poche. Il ne sait pas qui appeler, le commissaire ou Eugénie. Finalement, il opte pour sa collègue.

« Eugénie ?

- Ah Raoul. Tu verrais le bazar ici, inimaginable...

- Tu pourrais prévenir le commissaire s'il te plaît. J'ai trouvé une piste qui prouve que César Rasyel a été manipulé.

- Pourquoi tu ne l'as pas appelé directement ?

- Je voulais aussi en profiter pour te dire que tu as perdu ton pari.

- Ça, c'est toi qui le dis. C'est en rapport avec la lettre ?

- Oui. Je retourne au commissariat, je vous expliquerai tout ça de vive voix.

- O.K. je préviens le boss. »

XXIV

Prostré dans le même fauteuil depuis la veille au soir, Francis Rasyel a beaucoup de mal a retrouver ses esprits. Couchées à ses pieds sur le parquet, deux bouteilles vides de Single Malt attestent de la pénibilité de son état. Son téléphone vibre dans une de ses poches, il met une éternité à l'en sortir. Il ne peut s'empêcher de râler à la lecture du numéro entrant. Il se décide finalement à répondre, la voix cassée d'avoir pleurer toute la nuit.

« Qu'est ce que vous me voulez Blanchard ? Vous en avez encore après mon fils ?

- Bonjour, Rasyel. Le commissaire parle posément. *Non bien au contraire, je voulais vous informer qu'un de mes hommes, Mussec, aurait une piste qui prouverait que votre fils a été manipulé. Il revient au commissariat pour m'expliquer tout ça.* Il marque une pause. *Ce serait en rapport avec la lettre.*

- Quoique vous trouviez maintenant, ça ne me le ramènera pas.

- Je sais bien mais je préférais vous prévenir, car si c'est le cas nous allons avoir besoin de votre aide.

- Et bien je suis curieux d'entendre cette trouvaille. » Il raccroche. Complètement désemparé, les propos du commissaire ne lui apporte aucune réjouissance. Il ne sait pas vraiment quoi penser de cet appel trop évasif à son goût. Il décide d'appeler sa petite cousine pour partager l'information, il n'a pas eu de contact avec elle aujourd'hui. Peut-être cela l'aidera-t-elle aussi dans sa souffrance ?

—

Treize heures. Passant tout juste le portail du centre hospitalier, Mussec reçoit un SMS. Il éprouve un certain désarroi lorsqu'il s'aperçoit que l'expéditeur n'est autre qu'Aurore Distelle.

« Bonjour, Raoul, je voudrais vous voir dès que possible, j'ai quelque chose de très personnel à vous avouer. »

Que peut bien signifier ce message ? Notre homme est complètement désemparé. Il ne sait pas quelle réponse apporter. Alors qu'il se dépêche de retourner voir Blanchard pour apporter des éléments qui relanceraient l'enquête, ce message ne peut pas plus mal tomber. Souhaite-t-elle avouer son implication dans tous les événements ? Il serait fortuit qu'elle exprime a posteriori un sentiment de culpabilité. L'entretien avec Catherine Prieur lui permet juste d'orienter ses investigations vers la jeune femme. Mais cela reste encore mince, il sait que le commissaire risque de lui reprocher de baser son raisonnement sur des souvenirs vieux de plus de dix ans. Pourquoi ne pas la rencontrer avant de passer au commissariat, histoire de connaître la teneur de ces éventuels aveux. Il se décide finalement à répondre.

« Bonjour, je suis disponible maintenant. Où souhaitez-vous que l'on se retrouve ? »

Le retour est immédiat :

« *Chez moi si vous pouvez.* »

« *J'arrive d'ici 20 minutes.* »

« *Je n'ai pas encore déjeuné. Je vous attend alors, je serai moins seule.* »

« *Comme vous voulez.* »

Mussec range son téléphone et reprend sa marche, nerveusement. Il réfléchit au comportement à adopter avec la jeune femme. Il sera seul et ne pourra pas se cacher derrière Eugénie comme les jours précédents. Il devra être le plus naturel possible. Bien des fois déjà il a eu affaire à des criminels, mais jamais de personnes aussi troublantes. La culpabilité d'Aurore est encore hypothétique même si les messages de sa grand-mère l'ont guidé jusqu'ici. La seule conclusion concrète à tirer dans l'immédiat est qu'Aurore aurait falsifié la lettre d'Elisabeth Rasyel pour faire de son cousin un meurtrier. Le qualificatif de « *poison* » par Aimée reposerait uniquement sur cette sordide manipulation. Pour quel mobile : l'argent ? En tant que fille unique, elle était assurée d'hériter à terme de tous les biens des Distelle, le raisonnement ne tient pas. Comme le dit Blanchard, lorsque le mobile n'est pas pécuniaire, il faut trouver l'origine de la rancoeur.

Arrivé dans la rue Cuvier qu'il commence à bien connaître, il emprunte l'allée qui mène à l'immeuble des Distelle. Alors qu'il traverse le hall de l'immeuble, il est un peu surpris et soulagé de ne pas voir Mercédès Diaz se manifester. Il se dit qu'elle est probablement encore à table, seule. Plus il gravit de marches, plus il sent son pouls s'accélérer, se montrer détendu va être compliqué. Les secondes qui séparent le moment où il appuie sur la sonnette de l'ouverture de la porte lui paraissent interminables, son coeur va lâcher.

« *Bonjour inspecteur, merci d'être venu si rapidement.*

Il lui répond d'un « *bonjour* » franc et assuré.

La jeune femme le fait entrer et l'invite à la suivre dans la cuisine. Une sonate pour piano de Chopin est discrètement diffusée dans l'appartement, comme si elle hantait les lieux. Aurore semble moins abattue que les jours précédents, comme si elle avait repris le dessus nerveusement. Elle marche d'un pas décidé accompagnée par Faust, le fameux petit chien. Son allure digne rappelle à Raoul leur rencontre. Lors de sa première venue dans ces lieux pour interroger Johanne, sa mère, il était tombé immédiatement sous le charme de la jeune femme. À l'évocation de son souvenir, ce sentiment le traverse à nouveau. Comme pour le ramener dans la réalité, son téléphone émet une petite sonnerie, Fabien vient de lui envoyer un message.

« *Tu avances ?* »
« *Je te raconterai. Je suis avec elle.* »
« *Avec elle !!! C'est de la folie pure !* »

Pour ne plus être dérangé, il met son appareil en mode silencieux puis le range dans sa poche. Il constate finalement que la proximité d'Aurore ne lui a pas fait perdre tous ses moyens. Au contraire sa perception semble aiguisée, probablement boostée par l'adrénaline. Il remarque ainsi dans le couloir des feuilles imprimées à l'en-tête d'Air France, sans doute en lien avec son retour prochain à Budapest. En cuisine, elle lui propose de prendre place sur un tabouret devant l'îlot central, face à deux sachets de nourriture indienne qu'elle vient de se faire livrer. Il se lave les mains et s'installe à l'emplacement indiqué.

« *Poulet au curry ça vous va ?*

- *Oui, parfait* », répond-il alors qu'il ne sait pas s'il pourra avaler ne serait-ce qu'une bouchée.

Elle s'assoit face à lui et pose un regard perçant dans le sien. Elle esquisse un sourire compatissant.

« *Vous avez l'air exténué. C'est l'enquête qui vous a mis dans cet état ?*

- *En partie*, avoue-t-il, *mais il n'y a pas que cela, j'ai de fréquentes insomnies.*

Ils se regardent mutuellement.

- *Puisque vous parlez de l'enquête, j'aurais besoin de savoir si votre cousin avait des allergies particulières.*

- *Juste une je crois. Il était allergique aux poils d'animaux. Il ne pouvait pas rester dans la même pièce que Faust, sinon il était pris d'une énorme crise d'éternuement.*

La réponse laisse Raoul songeur.

- *Mangez, ça va être froid,* » insiste-t-elle en déballant la nourriture qui se trouve face à elle.

Elle commence à s'alimenter doucement, apparement elle non plus n'a pas trop d'appétit. Par politesse Raoul l'accompagne. Au premier morceau avalé, ses pupilles gustatives se mettent en alerte : la sauce du poulet est très relevée. Il s'est fait surprendre. Comme il n'a consommé que deux cafés depuis la veille, l'effet du piment est dévastateur, il a la gorge en feu. Aurore comprend tout de suite, elle ne peut s'empêcher de sourire. Elle ouvre un tiroir, en sort un verre qu'elle remplit au robinet. Il le saisit en la remerciant. Il n'a pas pu voir la poudre blanche contenue au fond du verre avant que l'eau ne la dilue. Alors qu'il entame le deuxième morceau de viande, la sonnerie de la porte d'entrée retentit.

« *C'est sûrement madame Diaz, je l'avais envoyée me récupérer des affaires au pressing. Je vais m'en occuper. Après je vous dirai tout ce que j'ai à vous avouer.* »

Alors qu'il écoute ses pas s'éloigner, Mussec est impatient de découvrir ces fameuses révélations. À l'autre bout du couloir, il distingue la voix de la gardienne dont la conversation ne semble pas se tarir. Une intense chaleur monte en lui, il impute d'abord cette sensation à cette sauce trop forte à son goût. Il se décide à ne plus y toucher et attend patiemment le retour d'Aurore. Au bout de quelques minutes, la porte se referme enfin. Il se sent un peu nauséeux, sa tête se met à tourner violemment. La perception des pas dans le couloir se mêle à celle de la musique ambiante, tout lui semble de plus en plus flou et lointain. Alors qu'il réalise que la jeune femme l'a drogué, les vertiges s'intensifient jusqu'à ce que son visage vienne s'écraser dans le sac de nourriture. Elle revient dans la pièce les bras chargés, la vue du corps inanimé la satisfait pleinement.

« *Déjà! Je ne m'attendais pas à un effet si rapide. Mon cocktail était peut-être un peu fort.* »

Elle s'approche et le saisit par les épaules pour le redresser. Raoul ne réagit que faiblement, complètement dans les vapes.

« *Quel dommage mon petit inspecteur, vous n'avez rien mangé.* » Elle le secoue doucement.

« *Par contre, il va falloir m'aider un peu, j'ai de grands projets pour vous cet après-midi. Allez debout !* »

Mussec se lève péniblement, en prenant appui sur elle. Il se laisse docilement guider hors de la pièce. Il avance tel un zombi obéissant à toutes les injonctions. Elle le conduit vers sa chambre à coucher.

« *Je ne pensais pas me servir de cette drogue à de telles fins, mais puisque vous êtes venu autant en profiter. On devrait bien s'amuser.* »

Raoul est incapable de saisir le sens de ces dernières paroles, ni l'air malicieux affiché par son hôtesse.

XXV

Alors que la journée se termine dans l'ensemble des services du commissariat, au premier étage c'est toujours le branle-bas de combat. L'ensemble des fenêtres est resté ouvert toute la journée afin de dissiper les odeurs de peintures. Les inspecteurs effectuent les derniers va-et-vient de la journée, il ne leur reste que quelques babioles à transférer dans leur nouvel espace de travail. Des techniciens s'affairent sur les derniers raccordement des postes de travail au serveur informatique.

« *C'est un petit malin Raoul, il a trouvé le bon plan pour ne pas venir aider aujourd'hui. Pourtant il n'aurait pas été de trop.* Enzinio est visiblement mécontent de ne pas avoir vu son collègue de la journée. *Il s'est pris une petite journée tranquille.*

- *Il ne s'est pas reposé, il a enquêté. Tu verras bien ce qu'il dira à son retour.* Eugénie est toujours prête à défendre Raoul. *D'ailleurs s'est étonnant qu'on l'ait pas encore vu ici.*

- *Il ne se pointera pas, tu verras. Tu t'es faite enfumer.*

Armand Blanchard, passant à proximité, prend part à la conversation :

- C'est vrai ça. Qu'est-ce qu'il fait Mussec, il devrait être là, je lui avait donné la journée pour étayer ses théories fumeuses.

- Quelles théories ? demande Livio finalement intéressé.

- Il est persuadé qu'il y a un loup dans l'affaire Distelle.

- Il est allé vérifier l'authenticité de la lettre, ajoute l'inspectrice, *il m'a annoncé au téléphone en milieu de journée qu'il avait trouvé quelque chose.*

- Il n'a sûrement rien trouvé qui tienne la route. Il préfère ne pas venir ce soir pour ne pas passer pour un…

Sa collègue, remontée, le coupe :

- Passer pour quoi, qu'est ce que t'insinues ? Tu sais très bien que c'est pas son genre. Avant de l'enfoncer attends de voir ce qu'il a à dire.

- Eugénie a raison, on se calme et on jugera du bien-fondé de ses trouvailles à son retour », conclut le commissaire.

La jeune femme continue de ranger ses affaires, bien contente que le poste d'Enzinio ne soit pas à proximité directe du sien.

—

Une heure plus tard, Blanchard exhorte les inspecteurs à rentrer chez eux :

« Allez oust, vous fignolerez tout ça demain, je vous ai assez vus. Eugénie, pas de nouvelle de Mussec ?

- J'ai essayé de le rappeler je suis tombée sur la messagerie. Bizarre non ?

- *Tu vois ma grande, je te l'avais bien dit, il s'est dégonflé le Raoul.* Livio ricane en s'éloignant vers la cage d'escalier.

Tout bas sa collègue murmure entre ses lèvres un « *connard* » qui lui est incontestablement destiné.

« *Je t'ai entendu Eugénie. T'inquiètes, tu le verras demain ton collègue adoré, revenir la queue entre les jambes* ».

—

Au même moment, dans l'appartement des Distelle, Mussec reprend péniblement ses esprits. Il est complètement nu, les membres attachés au quatre coins d'un lit, la verge en érection. Il distingue vaguement la silhouette d'Aurore en contre-jour, nue elle aussi. Elle lui fait face en souriant. La torpeur qui ne se dissipe que très lentement dans sa tête l'empêche d'apprécier les courbes parfaites de la jeune femme. Il n'a aucune conscience de ce qui s'est passé précédemment. Elle prend le temps de se rhabiller calmement. Les douces notes de Chopin parviennent à nouveau aux oreilles de Raoul. Les souvenirs affluent et s'ordonnent petit à petit.

« *Merci pour ce moment, mon petit inspecteur. J'en avais bien besoin dans le contexte actuel. Par contre, même si vous aviez l'air d'apprécier vous ne vous souviendrez de rien, j'en suis bien désolée.* »

Il en avait rêvé mais n'aurait jamais pu s'imaginer que cela se passerait dans de telles conditions. Elle s'assoit au bord du lit et désigne le sexe toujours dressé de Mussec.

« Ça devrait bientôt se calmer, le petite pilule bleue ne fera plus effet bien longtemps. »

Elle se baisse, ramasse ses chaussures et les enfile toujours aussi calmement.

« Qu'est ce que je vais faire de vous à présent ? »

En état de choc, il réalise à quel point il s'est fait manipuler et abuser. Sa nudité lui démontre son évidente vulnérabilité, il se sent complètement minable. Il aurait dû se douter qu'elle le piègerait, les paroles de sa grand-mère étaient pourtant assez explicites. Il s'en veut d'avoir foncé tête baissée. Il n'arrive pas à rassembler assez de forces pour se débattre.

« Vous ne faisiez pas partie du plan. Déjà que tout ne s'était pas passé comme prévu avec César, je n'avais pas besoin d'un petit inspecteur qui fouinerait plus que les autres. Enfin, je ne vais pas me plaindre, encore une chance que c'était vous. »

Attentif aux propos qu'elle lui tient, Raoul n'arrive pas encore à prononcer une parole. Voyant la curiosité dans ses yeux, elle lui demande :

« Vous souhaitez sans doute connaître la vérité ? »

Un oui déformé, à peine perceptible sort de sa bouche.

« Je vous dois bien ça, après ce que nous venons de vivre. Comme de toute façon vous allez mourir, vous emmènerez mon histoire avec vous . »

XXVI

Mars 1989, Budapest.

Sous une pluie battante, un taxi s'arrête devant un monumental portail métallique, deux hommes et une femme en sortent rapidement. Un des deux hommes montre une porte au rez-de-chaussée de l'immense bâtiment au fond de la cour. Il s'agit de Francis Rasyel, il invite ses cousins à le suivre dans cet univers lugubre. Des fenêtres cassées laissent s'échapper des cris et des pleurs d'enfants, de très jeunes enfants. La jeune femme est visiblement très émue.

« *Tu es bien sûr de ce que l'on fait Francis ?*

- Ne t'inquiète pas. Tout est réglé, vous n'avez plus qu'à signer les papiers et récupérer la petite. Tu vas enfin pouvoir assouvir ton désir d'enfant. »

Un homme en costume sombre sort pour venir à leur rencontre. Il s'incline pour les saluer, puis les invite à passer la porte et à emprunter l'escalier situé juste à droite derrière celle-ci. L'intérieur de l'orphelinat est sombre et insalubre, il est la preuve indiscutable de la faillite du système communiste. Les vitres des fenêtres pour la plupart brisées, laissent de très désagréables courants d'air pénétrer de toute part. Après avoir emprunté un dédale de couloir, ils arrivent dans une grande pièce dans laquelle se trouve un multitude de petits lits métalliques. Nombreux sont vides. Une dizaine seulement est occupée à proximité d'un radiateur. Deux sont à l'écart, l'homme leur en désigne un, le prénom Katalin est inscrit sur son étiquette. Johanne approche et s'extasie à la vue du petit bébé de trois mois environ. Mathias s'approche lui aussi et prend sa femme dans les bras. Il demande à Francis.

« *Pourquoi celui-ci est placé juste à-côté d'elle ?*
- En fait, il s'agit de son frère jumeau. Je ne sais pas si j'ai bien tout compris mais il semble qu'ils les laissent ensemble parce que le petit pleure dès qu'on l'éloigne de sa soeur.
- Tu ne nous avait pas dit qu'elle avait un frère, on ne peut quand même pas les séparer.
- Nous n'aurons des papiers que pour la fille, le système n'accepte pas de laisser les garçons partir vers l'ouest. Sur le papier ils n'ont déjà plus aucun lien, ici on efface tout dès lors que cela dérange.
- Tu te fous de moi.
- Non je te jure que c'est vrai. Attends deux secondes je reviens. »

Il s'écarte et rejoint le fonctionnaire qui a pris un peu de distance. Il lui tend une enveloppe très épaisse. L'homme la saisit en souriant et la place dans une poche intérieure de sa veste.

Un quart d'heure plus tard, les trois français remontent dans le taxi. Johanne tient fermement la petite fille dans ses bras. Son cousin vérifie les papiers.

« *C'est bon, tout est fait correctement. Dorénavant cette petite s'appellera Aurore Distelle. Je m'occuperai de tout régulariser en France.* »

Mathias est visiblement contrarié, regrettant d'avoir eu à séparer les deux enfants.

—

Lyon, juin 2014.

« *Lorsqu'en 2008 je suis retournée sur place, l'orphelinat n'existait plus, le bâtiment avait été rasé après la chute du communisme. Il m'a fallu beaucoup de temps et pas mal d'argent pour découvrir mes origines réelles. Mes parents me laissaient chercher sachant pertinemment que je ne trouverais rien qu'ils ne m'aient déjà dit. Finalement j'ai retrouvé le fonctionnaire qu'ils avaient soudoyé à l'époque, il n'a même pas paru gêné d'être à nouveau rémunéré pour rétablir la vérité. Mon frère jumeau est décédé quelques jours après mon adoption, les femmes en charge du service lui on dit qu'il refusait les biberons, qu'il s'était laissé mourir. J'ai eu beaucoup de mal à accepter que mes parents aient pu être égoïstes au point de nous séparer. Cette découverte m'a ouvert les yeux à leur sujet, ils étaient venu faire leurs courses, ils m'ont achetée sans en mesurer les conséquences. J'allais maintenant leur faire payer.* »

Raoul réalise que le commissaire Blanchard avait raison, la rancoeur est bien l'origine de des ces meurtres. Toujours attaché et complètement nu, il commence à avoir froid. Assise au bord du lit Aurore reprend son récit, les yeux dans le vide.

« *C'est alors que j'ai commencé à élaborer ma vengeance. Il me fallait un bouc émissaire et naturellement j'ai pensé à César, Francis qui était plus que lié aux magouilles de mon adoption devait en pâtir lui aussi. Il m'a fallu attendre qu'il grandisse et devienne un homme. Remplacer la lettre de sa mère a été* un jeu d'enfant, Francis en parlait depuis des années et j'allais et venais chez eux à ma guise. Je l'ai dérobée, j'en ai modifié légèrement le contenu, histoire qu'elle soit un peu à charge contre lui et mes parents. Une fois remise en place, j'ai patiemment attendu l'anniversaire de César. Le pauvre il en était complètement retourné, il s'est confié à moi évidemment. Je lui ai alors divulgué la vérité concernant mon adoption. Il était prêt à tout pour les faire souffrir. Mais il se montrait un peu trop fougueux, il a fallu le canaliser. »

Mussec attentif depuis le début de l'histoire, intervient :

« Vous n'avez eu aucun scrupule à son égard ?
- Non, pourquoi en aurais-je eu ?
- Il n'y était pour rien.
- Il ne valait pas mieux, il était du même sang. Elle se retourne vers lui. *Vous allez mieux on dirait ?* Puis désignant son sexe devenu petit et rabougri, elle ajoute. *Enfin pas de ce côté là.* »

Elle sort du champs de vison de Raoul, partie chercher quelque chose dans son dressing. Après une minute, elle revient pour le recouvrir d'un drap. Elle s'absente à nouveau et revient avec un foulard pour le bâillonner. Il essaie de bouger la tête mais en vain. À califourchon sur lui, elle arrive facilement à ses fins. Toujours dans cette position elle lui explique son geste.

« *Maintenant que vous pouvez à nouveau parler, vous seriez capable de crier. Vous souhaitez que je continue mon récit ?* »

Il acquiesce en hochant la tête. Elle reprend place à ses côtés.

« La rencontre à la Clé de Voûte a été assez dure à orchestrer, c'est César qui a insisté pour voir Mathias avant de prendre l'avion. J'avoue que ce soir là il a été magistral, il a réussi à lui faire boire un verre d'alcool après y avoir versé le poison en douce. C'était loin d'être gagné, on avait prévu d'autres tentatives. Par contre, on ne s'attendait pas à trouver des flics aussi pénibles et rapides. Heureusement j'ai remarqué un point faible parmi eux. Votre comportement m'a vite fait comprendre l'intérêt que vous portiez à ma petite personne, je me suis tout de suite dit que ça pourrait servir. Comme l'attirance est réciproque ce ne serait pas difficile. »

Mussec souffle ostensiblement à travers son bâillon, humilié par cette dernière remarque. Elle se sert de lui depuis le début.

« Vous aviez découvert le pot aux roses avant même l'enterrement de Mathias. Je savais que Francis ne l'évoquerait pas, c'était trop troublant. C'est à partir de là qu'il a fallu improviser. César a paniqué au cimetière. Avec l'aide d'amis hackers de Budapest je lui ai trouvé ce petit appartement. Je lui avait fourni un deuxième téléphone. J'allais le voir en promenant Faust, à chaque fois il était pris d'éternuement. Il voulait abandonner regrettant ce que l'on avait fait. Impossible de le faire changer d'avis. J'ai du m'en débarrasser plus tôt que prévu. Il a fallu le droguer et l'inciter à prendre tous ces médicaments avant de partir à Hostiaz. Il est probablement mort durant le week-end. J'ai ainsi du m'occuper de ma mère toute seule et me résoudre à me droguer moi-même, tout en lui faisant porter le chapeau. »

Le calme avec lequel la jeune femme avoue avoir tué sa mère glace le sang de Raoul. L'habileté dont elle a fait preuve confirme l'appellation « *poison* » que lui a attribuée sa grand-mère.

« *Comme vous vous étiez montré assez malin, j'ai dû faire preuve de beaucoup d'imagination pour brouiller les pistes. Ma mère m'a prise pour une folle quand je suis partie en deux-chevaux le dimanche après-midi, prétextant de vouloir me changer les idées. Elle a encore été plus surprise quand elle m'a vue revenir à pieds, elle a cru à une ridicule histoire de panne. Je pouvais tout lui faire gober à cette pauvre Johanne. C'est le téléphone de César qui m'a été le plus utile pour vous duper, vous avez ainsi cru qu'il nous avait rejoint. Deux jours après, en promenant Faust, je suis retourné dans l'appartement que j'ai entièrement nettoyé en un temps record pour faire disparaître toute preuve compromettante à mon sujet et notamment la présence d'éventuels poils de Faust. Je l'avais attaché sur le palier, heureusement que je n'ai jamais rencontré personne dans cet immeuble. Je me suis ensuite envoyé le fameux SMS de César. Suicidaire mais pas trop, histoire de semer le doute. J'ai ensuite remis le téléphone à ses côtés en prenant bien soin d'effacer mes empreintes. Je dois avouer que lui saisir le bras pour lui faire toucher l'écran du bout des doigts n'a pas été une partie de plaisir. Le plus dur était fait, je n'avais plus qu'à vous observer vous éparpiller. Evidemment vous avez retrouvé la deux-chevaux bien trop tôt, l'idée m'avait pourtant parue bonne, mais c'était une erreur de compter sur un inconnu. Il faut avouer aussi qu'on m'avait ordonner de ne me servir de l'adresse mail* qu'une seule fois pour être sûre que personne n'en retrouve la trace. Dans la précipitation, je n'ai pas eu d'autre choix que de la réutiliser. »

Brusquement, elle quitte la pièce laissant Raoul encaisser ses paroles. Il s'en veut d'avoir été dupé et de ne pas avoir pris les propos d'Aimée plus rapidement au sérieux. Elle revient tout aussi rapidement un verre d'eau à la main.

« *Je suis perturbée par vos dernières recherches, mon petit inspecteur. Je ne comprends pas que les faits ne vous aient pas suffit, qu'il a fallu que vous alliez plus loin. Jusqu'à mettre en cause l'authenticité de la lettre. C'est pour ça que vous êtes là, je ne pouvais pas vous laisser continuer dans cette voie, vous comprenez ?* »

Raoul fixe le verre.

« *Oui, c'est pour vous. Je vais soulever le foulard et vider ce verre plein de GHB dans votre bouche. Vous pouvez toujours vous débattre, je recommencerai jusqu'à ce que vous en ayez suffisamment avalé et que vous soyez à nouveau bien docile. Ne me faites pas trop perdre de temps quand même, j'ai un avion à prendre.* »

XXVII

Vendredi 13 juin 2014. 5 heures 45.

Fabien s'est dépêché de quitter le YM, les interventions surnaturelles de la grand-mère de Raoul le fascinent littéralement. Il espère bien le retrouver pour enfin connaître la suite de ses investigations. Le dernier contact qu'il a eu avec lui hier l'avait beaucoup surpris. Il avait envoyé un autre message pour en savoir plus mais celui-ci resta sans réponse. Que faisait-il avec Aurore ? Il pense que son ami l'avait probablement déjà arrêtée et préférait lui annoncer en tête à tête ce matin. Il s'empresse de rejoindre leur traboule. Il quitte ses talons pour monter les escaliers plus rapidement. Très surpris de constater que Mussec ne se trouve pas dans le salon de leur logement, il suppose qu'il dort, encore épuisé de la veille. En attendant qu'il se lève, Fabien prépare du café. Il souhaite rester éveillé malgré la fatigue. Il allume la télévision, se pose et attend patiemment.

À 7 heures, après un visionnaire somnolent de l'ultime épisode de la saison cinq de Six Feet Under, le colocataire reprend ses esprits. Il se relève et va cogner à la porte de son ami.

« *Raoul, tu n'as rien à me raconter ce matin ?* »
Pas de réponse.
« *Finalement tu l'as capturé ?... Le poison ?* »

Pas de réponse. Il se décide à ouvrir la porte et constate que Mussec n'a pas passé la nuit ici. Inquiet, il lui envoie aussitôt un message. Pas de réponse. Finalement il essaie de l'appeler et tombe directement sur la messagerie. Les paroles de mise en garde d'Aimée lui reviennent à l'esprit. C'est complètement alarmé qu'il décide de se rendre sur le lieu de travail de son ami. Il enfile rapidement une paire de basket et part immédiatement. Arrivé à proximité du commissariat il croise Eugénie. La reconnaissant à la description que lui en avait faite Raoul, il l'accoste aussitôt, complètement essoufflé. L'inspectrice le regarde d'un air plutôt méfiant. Il n'a pas conscience d'apparaître en Fabiola.

« Inspectrice Grandin ?
- C'est bien moi.
- Je suis Fabien un ami de Raoul. Son colocataire à vrai dire
- Ah oui on m'a déjà parlé de vous. Qu'est ce qui vous amène ?
- Je suis très inquiet à son sujet. Il n'est pas rentré cette nuit.
- *Merde !* lâche Eugénie. *Ça craint ça, suivez-moi !* »

—

Profitant du nouvel espace détente de leur service, Blanchard, Enzinio et Buffon mangent des viennoiseries, un café à la main. Livio plaisante au sujet du retour de Mussec.

« *Vous allez voir qu'il va vous demander encore un peu plus de temps chef.*

- On ne peut pas dire que tu fasses vraiment preuve d'esprit de camaraderie. Je te reconnais bien là, Livio. Tu prends toujours un malin plaisir à rabaisser les autres, surtout devant les supérieurs. »

Livio ne répond pas, vexé par cette remarque. Voyant sa réaction, le commissaire donne un coup de coude à Arthur en lui mimant la moue de son collègue. Il se tourne et manque de s'étouffer avec un morceau de croissant en apercevant Grandin arriver en compagnie d'une drag-queen. Après avoir dégluti, il demande :

« *C'est quoi ça ?* »

Eugénie presqu'à leur niveau, fait mine de n'avoir rien entendu.

« *Je vous présente Fabien, un vieil ami de Raoul.* »

Les trois hommes le regardent de la tête aux pieds.

« *Son colocataire aussi. Il est venu ce matin pour signaler que Raoul n'est pas rentré cette nuit. Il est toujours injoignable.*

- *Appelle tout de suite pour faire localiser son portable.* »

Blanchard semble prendre les choses très au sérieux. L'inspectrice part aussitôt s'en occuper laissant Fabien avec ses collègues. Poliment, Arthur propose : « *Un café ?*»

Fabien l'accepte avec un sourire prononcé, installant une gêne qui s'affiche instantanément sur les joues de l'inspecteur. Après quelques minutes, Eugénie vient rompre le sentiment de malaise qui flotte toujours dans l'air, Livio manifestant ostensiblement son dégoût à l'égard de l'ami de Raoul.

« *La dernière borne activée par le mobile de Raoul se trouve à proximité de l'appartement des Distelle. Le signal s'est arrêté là-bas hier après-midi.* »

Fabien s'exclame : *Il y est, c'est sûr !*

- *Comment ça il y est ?*

- *Il pensait que la fille pouvait être à l'origine de tous les meurtres.*

- *C'est qu'il vous parle de nos enquêtes ?* s'énerve Livio

- *Ça lui arrive rarement, mais celle-là le tracassait particulièrement. Il avait… Comment dire ?* Fabien sait qu'il ne peut pas leur parler des messages de la grand-mère… *Des pressentiments !*

- *Il me les avait évoqués il y a quelques jours !* confirme Eugénie.

- *Bon, vous allez tous les trois chez les Distelle et vous essayez de découvrir ce qu'il y faisait hier.* » La situation inquiète profondément le commissaire qui commence à s'en vouloir de ne pas avoir plus pris son inspecteur au sérieux.

—

Arrivée en trombe rue Cuvier, Eugénie gare la voiture de police sur le trottoir à cheval sur un passage piéton. Elle descend précipitamment du véhicule, contrairement à ses deux collègues.

« *Pas besoin de courir ma grande, j'y crois pas une seconde à ces histoires de pressentiments. Tu nous avais bien dit qu'elle lui plaisait la petite Distelle. Ça se trouve il a passé la nuit à la consoler, à sa façon. Son copain travelo devait plus lui suffire.*

- T'as pas écouté ce qu'il a dit, il la soupçonne d'être derrière les meurtres. Si il est venu ici, c'est sûrement pas pour ce que tu crois. Dépêchez vous ! »

Alors qu'elle nettoie les vitres de la porte du hall, la gardienne de l'immeuble affiche un grand sourire en voyant arrivé le trio d'inspecteurs.

« *Bonjour, messieurs les inspecteurs et madame l'inspectrice, vous n'avez pas votre collègue Mussec avec vous ?* lance-t-elle d'un air affable.

- *C'est la raison de notre présence ici,* dit très sèchement Eugénie en la prenant de haut, *il a disparu hier et d'après le signal de son téléphone il serait venu ici. Vous l'avez vu ?*

- *Non pas vu,* répond Mercédès Diaz aussi froidement. *Je l'aurais noté dans mon carnet.*

- *Nous allons monter voir mademoiselle Distelle.*

- *Elle n'est pas là.*

- *Pas là ?*

- *Elle est partie hier soir très tard. Elle m'a laissé un message qu'explique qu'elle devait se rendre de toute urgence à Budapest. Alors ce n'est pas la peine de monter inutilement et de me salir l'ascenseur.* » Le ton employé par Eugénie lui est visiblement resté en travers de la gorge.

Les trois inspecteurs rebroussent chemin et retournent lentement à la voiture. Buffon, en pleine réflexion, interpelle ses partenaires.

« *Mussec soupçonne la fille Distelle, il trouve des éléments compromettants. Après, il se pointe ici, on sait pas trop pourquoi. Peut-être pour lui faire cracher le morceau, c'est un peu con je l'admets. Et hier soir, elle part précipitamment prendre l'avion.*

- Elle nous avait dit qu'elle ne devrait retourner à Budapest que fin juin. En plus, on a découvert son cousin il y a seulement deux jours.

- Il faut absolument rentrer dans cet appartement ! » conclue Livio, finalement convaincu par les propos de ses collègues.

Ils retournent sur leurs pas et exigent de la gardienne qu'elle leur donne le double des clés du logement des Distelle

« *Je n'ai pas à vous donner ces clés, vous avez un mandat ?*

- Madame, on n'est pas dans une série américaine, s'agace Livio, *vous nous donnez ces clés, un point c'est tout. A l'heure qu'il est Mussec est peut-être entrain de crever là-haut.* »

Les derniers mots lui font l'effet d'une électrochoc, elle se dépêche d'aller leur chercher ce qu'ils demandent.

« *Il est exceptionnel votre Mussec. Vous avez intérêt de le retrouver vivant !* »

À peine une minute plus tard, ils pénètrent tous les trois dans le logement et appellent leur collègue. Pas de réponse, pas un bruit. Le spectre de Chopin a quitté les lieux. Ils inspectent les pièces une par une. Ce n'est que dans la chambre du fond, apparement celle d'Aurore, qu'Eugénie et Enzinio trouvent la trace de leur collègue. Ses habits sont en boule au pied du lit. Livio remarque les liens restés aux quatre coins du lit et rigole.

« *Quand je vous disais qu'il était venu s'occuper de la petite Distelle.*

- Ça colle pas, Livio. Il est où maintenant ? Il serait reparti sans ses fringues ?

- *Regarde ! L'oreiller est trempé.*
- *Mais qu'est ce qui s'est passé ici ?*

Arthur les appelle depuis la cuisine.

« *Venez voir, il y a plusieurs fioles en plastiques vides sur le plan de travail.*

- *Ça, c'est des fioles de GHB, j'en ai déjà vu plein comme celles-ci quand j'ai fait un stage aux stups,* affirme Enzinio. *Raoul a été drogué. Avec cette merde, elle a pu lui faire faire n'importe quoi.*

- *C'est ce qui est arrivé à Johanne Distelle à Hostiaz,* remarque Grandin.

- *Tu ne crois pas que c'était déjà cette fille qui...*

Les trois inspecteurs se regardent.

« *La salope,* s'exclame Livio, *Raoul avait vu juste.* »

Arthur continue les recherches et ouvre la porte du cellier. Il s'étonne de découvrir une énorme quantité d'aliments aux emballages détrempés étalés partout sur le sol, comme si le congélateur avait été vidé précipitamment. Il s'aperçoit que la porte de celui-ci est bloqué par une tringle à rideau. Il se dépêche de l'ouvrir et découvre le corps de Mussec recroquevillé à l'intérieur. Il s'écrie :

« *Putain, c'est pas vrai ! Venez vite !* »

Il touche la peau glacée de Mussec, cherchant vainement son pouls. Les deux autres le rejoignent et l'aident péniblement à extirper le corps figé de leur collègue.

Alors qu'elle laisse Arthur prévenir le commissaire, Eugénie, sous le coup de l'émotion, se rend sur le balcon pour prendre l'air. Elle sort son téléphone pour prévenir Fabien. Elle lui a promis de le tenir informé. Il répond dès la première sonnerie.

« Alors ? Vous l'avez retrouvé ?
- Oui, il était bien chez Aurore Distelle.
- Comment va-t-il ?
- Je suis désolée… Il est mort…

XXVIII

Même heure, aéroport de Budapest-Listz-Ferenc.
    Le vol depuis Lyon est arrivé depuis un quart d'heure. Après avoir récupéré ses bagages, Aurore traverse le hall principal à la recherche d'une poubelle. Lorsqu'enfin elle en trouve une, c'est avec un grand sourire qu'elle s'en approche et jette une pochette au milieu des détritus. Celle-ci contient les papiers de son identité française. Aurore Distelle n'est plus, elle n'était qu'une chimère. Katalin va enfin reprendre le cours de sa vie, celle dont on l'a privée égoïstement en 1989, sans son frère malheureusement.

XXIX

Guidé par une douce lueur, Raoul avance doucement le long d'un interminable couloir. Le froid extrême qu'il ressentait auparavant s'est dissipé. Il se laisse porter lentement vers cette lumière de plus en plus intense, persuadé de flotter dans les airs. Une présence se révèle à ses côtés, sans même l'avoir vue il sait qu'il s'agit d'Aimée.

« *Que fais tu déjà là Raoul ? Tu n'as pas voulu m'écouter. Tu n'en a toujours fait qu'à ta tête.* »

Aimée affiche un sourire à la fois triste et bienveillant.

- *Je crois bien, oui.* Il lui semble avoir répondu sans qu'aucune parole ne sorte de sa bouche.

- *En réalité, tu n'y es pour rien. J'ai tout essayé mais même ici on ne peut rien contre le destin.* »

Remerciements :
à Frédérique pour sa patience et sa compréhension exceptionnelle,
à mes enfants pour ce qu'ils sont au quotidien,
à Nicolas V.,
à Camille et Anne, indéfectibles cousines,
à Natacha,
à Françoise et Nicolas D.,
à mes parents,
à Baba pour l'ultime relecture (« ils restent peut-être quelques fautes de frappe mais rien qui ne fasse fondre les yeux »).